饶雪漫作品

SHARON
WORKS

遗爱

如果爱忘了，就让它死在心里

长江文艺出版传媒

长江文艺出版社

图书在版编目（CIP）数据

遗爱 / 饶雪漫著. —武汉：长江文艺出版社，
2018.6

ISBN 978-7-5354-9931-8

I. ①遗… II. ①饶… III. ①长篇小说—中国—当代 IV. ① I247.5

中国版本图书馆 CIP 数据核字 (2017) 第 193320 号

遗爱

饶雪漫　著

选题产品策划生产机构 | 北京长江新世纪文化传媒有限公司

总　策　划 | 金丽红　黎　波　安波舜

责任编辑 | 孟　通　　　策划编辑 | 李　含　　　助理编辑 | 王晨琛

法律顾问 | 张艳萍　　　装帧设计 | 白　雪　　　媒体运营 | 张　坚　符青秧

文案策划 | 连若琳　　　内文制作 | 吕　夏　　　责任印制 | 张志杰　王会利

总　发　行 | 北京长江新世纪文化传媒有限公司

电　　话 | 010-58678881　　　　　传真 | 010-58677346

地　　址 | 北京市朝阳区曙光西里甲 6 号时间国际大厦 A 座 1905 室　　邮编 | 100028

出　　版 | 长江出版传媒　长江文艺出版社

地　　址 | 湖北省武汉市雄楚大街 268 号湖北出版文化城 B 座 9-11 楼　　邮编 | 430070

印　　刷 | 北京玥实印刷有限公司

开　　本 | 880 毫米 × 1230 毫米　1/32　　　印张 | 6.5

版　　次 | 2018 年 6 月第 1 版　　　　　　　印次 | 2018 年 6 月第 1 次印刷

字　　数 | 100 千字

定　　价 | 38.00 元

盗版必究（举报电话：010-58678881）

（图书如出现印装质量问题，请与产品策划生产机构联系调换）

有些人慢慢遗落在岁月的风尘里
再也记不起那些曾经奋不顾身的爱情

遗爱

目录 | Contents

遗爱

每一天
我都要花很多的时间来计算
我们到底还可以爱多久呢

至少
你还愿意笑我傻
这真是一件值得欣慰的事情

（1）

我叫陈朵。耳东陈，花朵的朵。

二零零四年夏天，我大学毕业，掉进滚滚失业洪流，光荣成为"坐家"一名。

老天作证，我真不是故意的。大三大四两年，我先考托福，再考GRE（美国研究生入学考试），出国不成决定考研，考研失败决心好好复习考公务员……总而言之，当我从这一系列失败中痛定思痛，决心洗心革面好好找一份工作的时候，招聘的季节已经结束，所有的好职位已经名花有主。

说到底，我还算优秀。中文系才女、校学生会宣传部长，这些头衔，让我这个未入社会的姑娘有了极大的虚荣心。

而且，托福、GRE，我的成绩都不差。

我甚至申请到一个美国野鸡大学的全奖，这所大学位于美国和墨西哥的交界处，偏远得不太像真的。它居然还神奇地设了一个"东亚研究所"，好像是专门为了我这种上过中文系又梦想出国的花痴准备的。

我拿到邀请函那天，宋天明快高兴疯了，在大街上抱着我不肯撒手。

"小朵！"他差点掉泪，"我们终于不用分开了，终于。"

宋天明学的是基础物理，早已拿到美国一所中等大学的全奖，签证都已经通过。如果说还有什么让他在出国前犹豫的，那就是我，只有我。

我们非常、非常地相爱。宋天明爱陈朵，陈朵也爱宋天明。这一点，樱花东街的人民可以为我们作证。盛夏的那条街人声喧嚷，而宋天明就在路中央深吻我，时间停滞，连车辆都绕开我们行驶。那一刻我们那么年轻、美丽，正是人生里最肆无忌惮的好时光。

只是我们得意得太早了。

签证官是个脸上擦着厚厚一层粉的年轻女人，她把我的材料翻过来掉过去地研究了半天，一脸的质疑。

最后她问："动机？"

我答："男朋友要过去，我想和他在一起。"

她面无表情地看了我一眼。拒签。

走出领事馆大门以后我就开始不说话，宋天明跟我走过了两条街，我不准他牵我的手，他就很乖地、隔着两尺光景地一直跟着我，连大气也不敢出。

我们路过大概第五家肯德基的时候，他小心翼翼地问我："进去吃点东西？"

我不肯。他叹口气，进去半天，抱出一份全家桶。

鸡翅递到嘴边的时候，我的眼泪才哗地掉下来。

宋家明看着我，叹口气："其实不出去也好，你的学校那么远，肯定条件也不好，我舍不得你吃苦。"

我不答。

他又说："你留在国内也好，怎么着也能混个白领，干吗出去给人家端盘子做二等公民？"

我还是哭。

他硬着头皮继续："其实，其实，出国留学一点也不好玩……"

我终于憋不住笑了，边笑边用油乎乎的手直打宋天明，两个人又哭又笑地抱成一团。一个小小的挫折不足以让我们郁闷太长时间，出去读书不也只有两年嘛，两年读完他就胜利凯旋荣归故里，然后我们就相亲相爱永不分离！

然后，他走了。

我留在这里，面对的是一个百无聊赖的秋天。

其实百无聊赖是我最喜欢的一种生活。秋天的天空蓝得像水洗过，天气不冷又不热，我能整个下午在这个城市的街道上漫无目的地走，踩得早落的梧桐叶子喳喳作响。累了，就找个便宜的咖啡馆点杯红茶坐到天黑，然后一个人慢慢走回家。

用宋天明的话来说，我真是自由散漫得无可救药，可是他当初也就是爱上我的自由散漫。他追我的时候一天给我写一封信，在信里面肉麻地说我是"不羁的风"。他说过将来我们一定要买一所安静的房子，打开大门就是看不见尽头的林荫道，他希望拉着我的手一直走，直到我们老得再也走不动。

年轻人说起情话，总是这样自以为是、目空一切。

可是当年的情话言犹在耳，说话的人却已经去了世界的另一端。这样想起来，心里不是不酸涩的。

而且自由散漫的日子也不能一直过下去。最现实的问题就是，经过这么一段风花雪月不事生产的日子，我没钱了。

没钱我就打电话给叶小烨，她是有钱人，认识的也都是有钱人，所以经常能给我找到赚钱的门路。

没人接。

半小时以后她才给我回电话。

"刚才在酒吧，太吵了，没听见。"她的大嗓门一如既往，我赶紧把手机音量调低，大半夜的，怕隔壁告我扰民。

我还没来得及说话，她就劈头盖脸骂了我一顿。

"陈阿朵你真是见色忘友啊，你多久没跟我联系了？有钱打国际长途没钱打个市话，再说咱们不还是亲情号码吗？"

"你不也没联系我吗，猪头！"我骂回去。

"我太忙，玩玩就忘了。"叶小烨就是这样厚颜无耻没理搅三分的习性。

不过她也真是有本事，两天之后就给我联系到工作，给一个刚上初三的小姑娘当家教。那个小姑娘是她老爸一个生意伙伴的女儿，家里巨有钱，但是叶小烨说："陈阿朵别怪我没提醒你啊，这个周宁子可是一个货真价实的问题少女，要不人家能给你这么高价钱？一小时一百块呐，你以为你教的什么？点金术啊？"

我问她这个周宁子具体问题在哪，她却两手一摊说："不知道，不过反正大家都是这么传的，小心点总没错。"

问题少女？

我想了想还是勇敢上任，想当年我是问题少女的时候（哈哈哈，是在梦中吧？），这小丫头应该还含着奶嘴发痴呢，谁怕谁啊。

我的第一次家教，没有家长在场。

叶小烨告诉我，这姑娘的爸爸是房地产公司的老总，出名得忙。本来说好由妈妈陪孩子见老师，谁知在外企当高层的妈妈临时被上司一个电话召去，所以，空荡荡的大房子里，就只有我，单独会见这位传说中的"问题少女"。

那天我坐公交车几乎穿过全城，才来到了周宁子家。那是栋单独的别墅，下了公交车还要走一段很长的路才能到达，路旁种着高大的法国梧桐，在黄昏微暗的光线里显得异常宁静，风吹过时有隐约的低语。

这就是我和宋天明梦想中的屋前林荫路，甚至比我们想象中还要美。看来有钱真的是可以买到一切，我心里又羡慕又酸楚。

周宁子坐在书房等我到来。她眉清目秀，穿的T恤牛仔裤一看就知道是昂贵品牌，头发剪得短短的，看上去和其他初三的孩子一般无异。

我向她伸出手："我姓陈。"

她冷淡地触了触我的指尖，脸上没有太多表情。我倒是紧张起来，深吸一口气："今天上数学。这里有十道题，题目从易到难，你能做多少是多少，做完咱们就能看出来你的数学需要补习什么地方，好不好？"

她点头。

我松口气："那就开始吧。"

她问我："我自己做？"

我点点头。

"那我爸妈花钱请你来干什么？"

我冷静地说："教你。不过我要先看看你的水平再决定你值不值得我教。"

"拉倒。"她把腿压到桌上，从抽屉里拿出一包女式香烟，挑衅地问我，"来一根？"

"我不抽这个，"我说，"我只抽红双喜。"

她盯着我看，没头没脑地问："你泡过吧吗？喜欢去1912不？"

我说："你题目要是做得好，我可以考虑陪你闲聊，否则免谈。"

她哼哼几声，把习题本在桌上铺好，转身对我说："你能不能出去？我做题的时候不喜欢有人在旁边。"

"好吧。"我说，"你需要多久？"

她看看题目："半小时后你再进来。"

我觉得这个习惯可以理解，象征性地巡视了十五秒，闪人。

反正屋里也没其他人，我无聊地东转西转，一边转一边抽凉气——这房子真大！不仅大，而且装修得很有品位，豪华得深藏不露。客厅的中央摆着宽大的皮沙发，我把自己陷进去，发呆半小时。

半个小时至少可以做完六道题，我心想，原来这孩子，基础还是不错的。

等我回到书房的时候我就不这么想了。

没有人，书房里没有人！

我留的习题照原样摊开在桌子上，不同的是，上面用黑色的签字笔划了一把大大的叉，潦草的写着：再见！

窗户开着。这个天杀的书房在一楼！我欲哭无泪。

宁子的妈妈赶回来的时候我还在对着叶小烨吼："你这是给我找的什么工作？孩子丢了我怎么负责？"叶小烨也有点着急，在那边支支吾吾，就是支不出招来，我恨死她了。

宁子的妈妈倒很镇定。她三句两句问清了状况，安抚了我，开始打电话。

"喂，周国平吗？"我听见她礼貌地问，"宁子从家里跑出去了。她新换的手机号你知道吗？"

挂掉电话，她看着我不知所措的样子，和蔼地解释："我打给宁子的爸爸。他对宁子比较有办法。"

我眼睛瞪得更大。

她笑起来："看来陈小姐还不是很了解情况。我和她爸爸，去年年初的时候分居了。"说的是一件这么不愉快的事情，她的笑容却非常妩媚。

我更尴尬："我非常抱歉……"

"哪儿的话。"她熟练地摸出烟盒，打火机叮的一声打着了。很少看见有人把烟抽得这么优雅，我看直了眼。

一支烟抽毕，她深深叹了一口气。

"陈小姐，你是我给宁子请的第九个家教，第八个的结局是被她用晾衣服的竿子从家里打出去。"

"呵呵。"我不知道该哭还是笑。或许应该说，很荣幸，我还没挨打。

"陈小姐，我和你说这些是因为，我希望你能用你最大的耐心对待宁子。老换家教对她的学习也不好，而且……"她像下定了决心似的说，"我和她爸爸正在争她的监护权，可是我最近真的很忙。"

她说到这，眯缝着眼往沙发背上一靠。我忽然想起叶小烨家的波斯猫，也是这么一副慵懒的神气，成天睡眼惺忪地埋在沙发里，可每次出场还是迷倒一大片。叶小烨说，女人到了波斯猫的级别，基本无须再刻意卖弄风情，一举手一投足，拈花摘叶，皆可伤人。

宁子的妈妈就是波斯猫级别的。

这样的女人，老公居然要和她分居，真不知道世上的男人是怎么了？

"你先回去吧。"她说，"晚了这边没班车了。"

可我还是决定等宁子回来，她是从我手里走丢的，我要看到她回家才放心。

宁子妈妈也没再赶我走，我们坐在沙发上等，钟点工做好了饭菜，她请我一块儿吃，我肚子饿了，也没再推脱。我们在饭桌上瞎聊，她的寂寞，是明显的。

那天宁子被送回来的时候已经是半夜。送宁子回来的是她爸爸，不过我没看见那位神通广大的先生，因为他根本就没进屋。他的车子开进院，宁子的妈妈迎出去，两人不知道在说什么。

宁子独自进屋来，白色的T恤已经有些皱。她坐在沙发上，看到我，有些吃惊："你还没走？"

我问她："玩得开心吗？"

她突然咕咕笑起来："我和我爸打了一架。"

我才发现她喝了酒。

我一时不知道说什么，她又笑："我爸爸妈妈在院子里吵架，他们总是这样，以为不在我面前吵我就听不见，其实我什么都知道。"

我没好气地嘀咕，这孩子真是没心没肺，他们吵架，还不是为了争是谁没把你教育好？

宁子却像看穿我的心事，又是好一阵笑，笑完之后说："你别天真啦！他们吵的不是我，是钱。"

哦，天呐。真是让人抓狂的一家人。

"你走吧。"她说，"想赚我家的钱，要脱一层皮，你年纪轻轻的，做什么不好呢？"

"宁子！"她妈妈已经进门，听到她说的话，大声呵斥她，"怎么跟老师说话呢？"

宁子并不生气，而是声音懒懒地说："那妈妈你教我怎么说。"

我抓起我的包："我明天一早再来，数学题做完再睡！"

宁子瞪大眼睛看着我。

我转身出门。

宁子的妈妈追出来，坚持要开车送我回家。

"陈小姐，你是我给宁子找的最好的家教。"她说。

"为什么？"我吃惊。我还没教呢。

"直觉。"她说，"我希望你坚持，好吗？"

"我尽力吧。"我说。

"谢谢你。"宁子的妈妈打开车内音响，曼陀铃奏着一曲缠绵的《绿袖子》。她困倦地抚抚后颈，一个简单的动作胜却人间无数。我忽然强烈感觉，女人真是到了这个地步才算修炼成精，我和小烨那点青春笑闹，全都不能作数。

那天晚上宋天明给我打电话，他前两天终于在校外找到一间便宜的公寓，和一个香港的留学生合住，比住学校公寓便宜很多。

"香港的留学生——男的女的？"我敏感地问。

"你说你这人……"他在那边支支吾吾，我就知道肯定是女的，女的就女的呗，连撒谎都不会，可怜的宋天明。

我和他简短说了说今天的事情，接着说："我这人是不是有毛病，越挑战越想做。"

他着急："你可别受委屈！"

"受就受呗，"我故意气他，"反正我现在也没人罩。"

宋天明想了想："不高兴做就不做吧，可是……"

然后电话就断了。

我知道他可是什么。宋天明去了美国两个月，我们除了上网就是电话，可是宋天明说个十分钟我就会心疼得龇牙咧嘴，逼着他挂了电话再给他打过去。最便宜的IP卡打国际长途是一分钟四块钱，不工作的话怎么负担得起？

我放下电话，心里空落落的。当然，我不能不做这份工作。做家教一小时一百块钱，打长途一小时两百块钱，爱情居然是如此昂贵，也许，这就是生活的真相。

（2）

我的朋友叶小烨是个有钱人，但她却从不张扬自己是个有钱人。大一那年，她独自一人拖着一个破旧的行李箱挪进宿舍，害得我们都以为她是孤儿。一次和她一起去食堂，她可怜巴巴地买了一份炒蛋，饭卡上就没钱了，我一个心疼，转身买了一块肉排，扔进她碗里。

她夹起肉排开始大咬，我不得不提醒她："喂，省着点，做半小时家教的钱呐！"

她哈哈一笑，我们就此成为朋友。

直到大二那年，宿舍里的姑娘们有了初步的品牌意识，突然爆出一个惊天发现：叶小烨撂在行李架上不闻不问的破箱子，居然是LV的！

也就是说，叶小烨是一个百分之百如假包换深藏不露的富家女！

这个事实让她最好的朋友我差点昏过去。

叶小烨满不在乎。

"是我们家有钱，不是我有钱！"她信誓旦旦地对我说，"陈阿朵啊，我这辈子唯一的梦想，就是像三毛那样背着行李浪迹天涯。如果我在异国他乡穷乡僻壤活不下去了打电话给你，你一定要给我航空快递牛肉干哦！"

这就是我的朋友叶小烨，对金钱毫无概念，脑子里永远充满不切实际的幻想。我从来没有对她说过一句谢谢，但是我感激她。大三那年暑假我打工不顺利，没能给自己挣到足够的学费，骄傲的我不愿意向任何人开口，是叶小烨偷拿了我的学费卡往里面存了六千块钱，事后还死不承认。

"是学校的电脑计费系统出问题了，关我啥事？"一直到现在她还这么坚持，死不改口。

叶小烨还是支持我去宁子家的，她说："跟有钱人合作，比较有机遇，阿朵你不是没才，你需要点运气。"

说什么呢，人在"钱"字下面，一切都得低头。

我第二次去宁子家的时间比我预期得要早，是因为宁子妈妈的一个电话。

"陈小姐，"她像在恳求我，"今天下午，你能不能过来一趟，我要去上海出差，走得急。孩子一个人在家，我不放心。"

"没问题。"我爽快地答应。

拿人钱财手软，一小时一百块钱呐，我当然得尽职尽责一些。我中午不到就去赶公交车，可气的是，车那么空，还有一个家伙老是有事没事往我身上靠，我忍不住大声问他："你是不是肌无力啊，怎么站都站不稳？"

旁边的人偷偷笑起来，他的脸涨得像猪肝，第二站就逃跑一样下车了。

要是宋天明在，这家伙估计真的会被打得站不起来。宋天明这人平时斯斯文文的，特别老实，可一遇到关于我的事就万分冲动，这点我大二时就知道了。那时有个外系的小子给我写情书，还在校电台给我点歌什么的，宋天明终于逮着机会在食堂外把那家伙痛打了一顿，差一点把人家打进医院。

后来我问他："你干吗打人家啊？"

"他老盯着你看。"宋天明喘着气说。

"是不是盯着我看的你都打啊？"

"不是，是盯着你看的男生我才打。"

宋天明的冲动不是没有收获的，本来我们学校盯着我看的男生就不多，那以后就更是少之又少了。谁会跟一个一米八五的东北大汉过不去呢？

叶小烨评价说："宋天明这才叫大智若愚，阴险狡诈呢！"

不过最好笑的还是那个外系的男生，我一直都记得毕业那天他探头探脑地走到我面前，我还以为他有什么深情的临别赠言要表达，谁知道他嘴里冒出来的一句话竟是："你要小心哦，北方男人是要打老婆的！"

　　看着他拖着行李走了，我就一直笑一直笑，笑得腰都直不起来，小烨好奇地凑过来问我你笑什么呢，是不是要毕业了激动得抽风啊，我停下笑问她："你说宋天明以后会不会打我？"

　　小烨想了一下，认真地说："我估计他不敢。"

　　"为什么？"

　　"就他那个除了物理什么都不懂的穷小子，能泡到你这么个好姑娘，不烧香拜佛谢天谢地就算了，还敢动你一个手指头？"

　　是的，在我和宋天明的爱情里，所有人都觉得，我是占尽优势的一方。可是现在，这一切全都是空谈，宋天明不在这里，他在万里之外。

　　走在宁子家别墅前的林荫道上，我忽然感到前所未有的孤单。

　　等我到达宁子家，她妈妈已经把一切准备得当，就等开路了。

　　宁子的妈妈告诉我，宁子爸爸晚些会来接她，接走了，我就没事了。

　　看这情形，家教请两个，爸爸一个，妈妈一个。

　　宁子妈妈很快被助理接走，留下我和宁子。昨天的题目她一道没做，我耐心地教她，但看得出，她根本就没在听。

　　"你在想啥？"我问她。

　　宁子看着我，一字一句："我不想去我爸家，要不我去你家吧。"

　　"为什么？"我问。

"我妈把我交给你，你就要对我负责任。"她跷起二郎腿，看着我，一脸挑衅的神气。

"如果你举出能说服我的理由，我就同意。"

她低头沉默了几秒，抬起头来："我爸爸有新女朋友。"

"你怎么知道？"

"他一直有，不然他们俩闹什么离婚？"

我晕。现在的孩子说话都这么直接？

她不依不饶地问我："你觉得这个理由，是不是够充分？"

我硬着头皮说："够。"

"那我是不是可以不去我爸家？"

"可以。"

"那现在我们出门，要么出去玩，要么去你家。"

"不。"我说，"你要先把功课做完，这是必须的。"

宁子哼了一声，一言不发走进卧室。这一次我可不敢怠慢，后脚就跟了进去。她扭头问我："你跟着我做什么？"

"废话。"我说。

"你可以走了。"她开始赶人。

"你饿了吧？"我答非所问，"今天钟点工是不会来的，你想吃什么？"

她愣了愣："饭厅桌上有外卖电话。"

"外卖不好吃。"我说，"你不反对的话，我来给你做一顿。"

她还没来得及反对，我就进了厨房。在冰箱里好一阵搜刮，只找出几块排骨、一个小南瓜、两个土豆，估计都是钟点工做剩下的。

这难不倒我。

我打小就爱做饭，大三大四我们学校组织各种美食节，我顶着宣传部长的名头和大师傅套近乎，学会好些做菜窍门，加上我勤学苦练勇于创新，做的菜每次都能让宋天明吃得津津有味，他恨不得把舌头也吞下去。

今天宁子的反应也一样。虽然桌上只有简单的两菜一汤，却让她吃得心满意足，虽然她表面上还是维持着对我的戒备，但是我知道，她对我已经没有敌意。

本来就是没来由的敌意。我看得出宁子对成人的世界充满紧张，她敌视我，只不过将我归入了她父母的同一阵营。但我们之间没有过去，更没有伤害，慢慢地她会信任我，因为，她只是个孩子。

宁子吃完饭转身就要回房间，我叫住她。

"什么事？"她问，口气已经明显软化很多。

我从厨房把蒸熟的小南瓜端出来，南瓜一切两半，边缘刻成花的形状，中间燃着一截小蜡烛。

宁子看着南瓜一阵怔忡，她不说话，我也一直忐忑，不知道这一招会不会适得其反。

终于她低声说："今天我十五岁。"

我果然没猜错。这两个忙碌的大人，他们在自己的世界里四处逢源、生意、出差、工作、新的恋情，他们享受着他们的精彩，却没有注意到他们的女儿有多么孤单。

我问她："爸爸电话多少？"

她看我一眼，把电话号码告诉我。我用宁子家的电话打过去，那边是个低沉的男声："什么事？"

"周先生吗？"我说，"今天是宁子十五岁生日，你什么时候来接她？"

那边迟疑了一下："你是谁？"

"我是宁子的新家教。"

"我今晚有事，你让她在家等我！"

说完，电话挂了。

我回头看宁子，她肯定早知道结局，转过头看窗外，不看我。

我的心里忽然有些说不出的难过，于是把她一拖说："走，姐姐给你过生日去！"

"真的？"她睁大眼睛看着我。

"真的！"我拍拍她，"去，换上你最漂亮的衣服。"

"哦耶！"宁子跳起来，跑进她的房间，很快就又出来，她换了一条绿色的裙子，一看就很华丽。

"我自己买的。"她在我面前转个圈，"怎么样，好看不好看？"

我笑："好看，不过不适合你。"

这孩子，都没人教她审美。

她嘟起嘴："那我该穿什么？"

我去她衣柜，给她找出kitty猫的粉色T恤，白色短裙。她听话地穿上，年轻的眉眼，修长的腿，实在是无敌美少女。

那晚我带她去叶小烨的住处。小烨买好了蛋糕等我们，宁子自来熟，很快跟小烨勾肩搭背，把人家家当自己家。

夜里十一点左右，我打车送宁子回家，她在家门口嘻嘻笑着拥抱我，身后忽然传来一个严厉的声音："你把她带去哪里了？"

是宁子的爸爸。他等在家门口！

"老师带我出去玩了。"宁子说。

"玩？"黑暗中，我看到一张老男人的臭脸，"付你钱是让你带她出去玩的吗？"

我不知道该如何应答。宁子先发火了："不关陈老师的事，是我让她带我出去的！"

"你给我闭嘴！"宁子爸爸说，"你的账回头我再跟你算！"

得。有点臭钱了不起啊，我十七岁的时候已经会打工给自己买裙子了，一百块钱一个钟头也不是这样给人气受的！

我转身就走。

回到住处我就打宋天明的电话，他居然给我挂断，半小时才回过来。

"什么事啊小朵，我在实验室。"

他的声音哆哆嗦嗦的，我一下子没了哭诉的心情。可是又不甘心什么都不说，憋了半天憋出两个字："分手！"

宋天明讨饶："小朵，别闹了，我们三个人在争一个助教名额，我很累，我现在要回实验室，好吗？"

我不吭声。

他又说："小朵，我一定要当上助教，这样暑假才有钱飞回去看你。你乖乖的，啊！"

他把电话挂了。

我握着手机呆呆地等了很久，他没有再打过来。

其实我知道，我在无理取闹。

那天晚上我做了好多梦，梦得太拥挤，都分不清是梦是真。我梦见我被派到一个陌生的地方做家教，人家告诉我教的是一个小姑娘，可是不知道怎么忽然变成了一个中年男人，他很凶地逼问我："你是干什么的？哪有你这样的家教？"我说我不干了，他还是一直追着我不放，我一边跑一边给宋天明打电话，可是打过去，却始终是忙音，忙音。

我哭着醒来。

白天的种种坚强，看上去都理所当然。但是夜晚，我自己都不知道，夜晚的我会是这么脆弱。我抱着枕头开始号啕大哭，我也不知道自己哪来的那么多伤心，没有钱，没有工作，还有一份摸不着的爱情，永远打不通电话的男朋友……我一直哭到清晨才昏昏睡去。

（3）

第二天我下定决心，决定从零做起。

我做了三份不同的求职简历，分别应聘编辑、秘书、文员三类职位，在各大求职网站上广为散发。

发完简历我又倒头睡觉。昨晚哭得太累了，伤神。

周国平的电话就是这时候打来的。

"陈小姐，你好，我是周国平，宁子的爸爸。"他说话很客气。

"噢。"我说，"如果没事我就挂了。我很忙。"

他下一句话差点没把我吓趴下："好的，你挂。不过请给我开个门，我就在外面。"

用脚趾头想我都知道是谁出卖了我。叶小烨！你等我扒你的皮！

我开门，门外站着一个中年男子，昨晚我根本没看清他的尊容，今天才发现他身材差不多和宋天明一样，穿Captaino（凯普狄诺）的灰色衬衫，有相当高贵的气质，可是我就是看他不顺眼。

他相当直接地说："陈小姐，昨天的事我向你道歉。"他停了停，加一句，"谢谢你，昨天你把宁子照顾得很好。"

"昨天是她生日。"我气哼哼地说。

"我知道。"周国平说，"不过我认为小孩子的生日不应该太隆重，我已经给她准备了礼物，这就行了。"

"噢，我想请问周先生你怎么把礼物给她？快递？"反正已经决定不吃这口饭，我索性出一口恶气。

"对不起。"他并不接我的招，声音里有一丝疲惫，"我如果说错什么，非常抱歉。你要不高兴可以骂回我。"

"你走开，不然我报警。"我威胁他。

他置若罔闻。

"请你和我一起回去。"他恳求，"宁子一定要你回去。"

什么？我转身看他。这个气质高贵的男人一脸无奈，"宁子不肯去上学，也不肯吃饭，她说，除非你肯回去。"

"这是小孩子的威胁，你大可不必当真。"

他长叹："可是做父母的都怕孩子的威胁。"

这话打败了我，我只能跟着周国平去他家。他的住所虽然也算高档，但比起宁子妈妈的别墅还是差了一大截，分居以后懂得把好房子让给老婆，这样的男人，我暗想，还不算太恶劣。

其实我相信，即使我不回去，宁子也不会真出什么事。我从来没见过孩子的悲伤会持续太久的，他们的世界总是充满新鲜事物，转眼就可以把昨天扔到脑后。

但是宁子让我感动。我和她不过相处两次，一次她逃跑，一次我甩手不干，就是这样短暂的两次相处能让她为我这么做，这让我认定宁子是个善良的孩子。

我一到宁子面前，她就扑进我怀里哽咽起来。

"陈老师，"她边哭边说，"我不能让你离开我。"

她终于放下心防，像只受伤的小兽一样依赖我，我忍不住红了眼睛。

"好了宁子，我已经把陈老师劝回来了，现在你是不是可以去上学？"周国平不知道什么时候走了过来。宁子看了他一眼，乖乖接过书包。

送走宁子，我也告辞。周国平说："陈小姐，我开车送你。"

"不必了。"我说，"这里到我住处有直达公交车，很方便。"

"那，"他说，"我总得表示一下感谢。"

"照顾好宁子。"我说，"我只是一个家教，不是全程监护，我是看在宁子的分儿上才来这一趟。"

他问："那你对全程监护有没有兴趣？"

什么？我瞪大眼睛。

他笃定地笑："是这样，根据协议，宁子接下来三个月要和我一起住，但是我很忙……"

"所以？"

"所以，我请你全天帮我陪着宁子。其实也不是全天，她平时都要上学，你只需要在她放学以后过来，如果你愿意，我马上叫人给你安排房间。"

做还是不做呢？我还在考虑，他打断我："付你双份工资。"

好了，这下没有再考虑的必要。"你另找人吧，周先生，"我说，"这么高的工资，我消受不起。"

回去的公交车上我愤愤地想，有钱了不起啊？这个世界上总还有钱买不到的东西！

公交车挤得要命，还开得跌跌撞撞。我努力地抓牢扶手，告诉自己，不要摔倒，更不要后悔。

所幸我投出去的简历很快有了回音，而且还不少。

我穿戴整齐去应征，跑到第三家公司的时候，已经是汗流浃背，裙子发皱，口红早已褪色。这家公司不大，不过在很不错的大厦里租了几间写字楼，办公条件应该不错。他们需要的是一位秘书，接待我的是一个胖子和一个矮女人，问我很多莫名其妙的问题，一直问到祖宗八代，最后居然问到我有没有谈恋爱，对婚前性行为怎么看。

我忍了很久，终于忍无可忍地说："请提些不那么弱智的问题可否？"

矮女人先听懂，厉声说："你再说一遍。"

于是我就再说了一遍。

胖子也听懂了，他拍案而起说："你可以走了。"

"走就走。"我气急败坏，夺门而去，下了电梯闷头闷脑地往前冲，竟一头撞到一个人身上，定睛一看，不是别人，正是宁子的爸爸。

"又遇见了你。"他淡淡地笑，仿佛已经忘记了我们之间曾有过不快。

"那又怎样？"我正一肚子火，"今天给我开三倍工资？"

"对不起。"他说，"我说话有时候比较直接。"

"根本就不是直接不直接的问题。告辞！"

他却做手势拦住我，指指楼下的咖啡店说："这样吧，我请你喝咖啡来表示我的歉意，不知你可肯赏脸？"

"这店你家开的？"

"不是。"他说。

"那要花钱的。"我说。

"没关系。"他说。

"你那么有钱不可以这么小气，不如买部车送我，我也许可以考虑原谅你。"

他哈哈笑起来，心情好像比前几天开朗得多，因此并不理会我胡说八道的讥讽。

"你喜欢什么甜品？"他问。

可是我心情很坏，吃不下任何东西，只呆呆地看着窗外。这个城市里最多的就是人，我呆呆看着每一张陌生的脸孔，仿佛置身荒漠。我忽然强烈地想念宋天明，我想他在异国他乡，面对的是一张张更加冷漠的脸孔，我忽然心疼他的孤独，心好像被高压水泵抽空，疼得无法呼吸。

我呆滞的表情大概让周国平误会。"陈小姐，你不会是一个记仇的人吧？"他说，"我昨天的话确实是无心。"

"周先生你多虑了。"我醒过神，冷冷地说，"就算记仇也得改天，我今天吃你的喝你的哪敢放肆？！"

我幼稚的不礼貌逗得他微笑，笑完后他认真地说："不吃不喝也没关系，不过我会再给你个机会消除你对我的成见，不知你可否愿意？"

"嗯？"我扬眉。

他说："我公关部正在招人，你愿意来试试吗？"

这回轮到我哈哈大笑："周先生您的爱心真是泛滥得让人有点吃不消。"

"我是认真的。"他说，"这楼是我公司投资的，大部分用来出租，我公司在最上面的两层。"

"我不喜欢开玩笑，我的经历你一无所知。"

"那不重要，我有慧眼就行。"他又习惯地微笑起来，"如果我是你，我会试试。"话说完，名片已经递了过来。

"我不会去的。"我说。

"不急，你可以考虑三天。"等我接下名片，他朝我礼貌地点点头，然后，离去。

原来他是环亚集团总裁。

啧啧啧，大名鼎鼎的环亚。房地产，娱乐，餐饮……无一不涉足。

这个世界上有很多的奇遇，不过我并不认为它会发生在我和这个姓周的商人之间。

白白折腾了一天的我只好去跟小烨诉苦，她正在家里做面膜，把自己弄得跟女鬼似的。我趴在她家的沙发上跟他说起周国平，小烨尖叫："陈阿朵你真的要转运了，这个周国平比我爹还有钱呐！"

"得。"我把周国平的名片放在桌上转啊转，"谁知道他安的是什么心，更何况我根本就没有答应他。"

小烨把名片一抢说："你不去我去，反正我一直失业。"

"行。"我大方地说。

小烨笑笑，把名片往我包里一塞说："说着玩的啦，我只对流浪感兴趣。晚上有空吗？"

"干吗？"

"我带你去新世界酒吧玩，他们每月都举办一次party，还有抽奖。"

晚上我和小烨一起去酒吧，我们穿得花枝招展，故意化了很浓的妆。聚会很大，差不多来了二百号人。因为要抽奖，小烨给我们两个签了到，就拉着我花蝴蝶一样地左右穿梭。有个大胖子笑呵呵地朝我伸出手说："小烨，这是你朋友？"

"是啊，她叫陈朵。"

"啊，原来是朵姑娘，久仰久仰。"

为了表示礼貌，我只好伸出了我的手，谁知道他竟死命地握住我，三分钟也没肯放开。

"很疼的。"我皱着眉说。

"不疼怕你记不住哦。"

我不明白一个大男人说话干吗要在最后拖个"哦"字，更何况是那样一个胖得要命的男人，于是我讥笑着问他："你这么胖，都吃些啥了？"

"吃你行吗？"趁小烨走开，他低下声来，诡秘地和我打情骂俏。

"怕你消化不了。"我说。

"试试哦？"他又"哦"起来了，真是恶心加无耻。

我把端在手里的那块小蛋糕扣到他头上，然后哈哈大笑若无其事地走开。走了不远回头望，他正在一个瘦子的帮助下气急败坏地清理他的头发。

我差点儿没爽得背过气去。

就在这时我看到了他，一个陌生的年轻男人，他也正在看我，嘴角浮起一丝意味深长的微笑。

我调皮地朝他挤挤眼。

他朝我举举手中的酒杯，并不过来搭话。

小烨附在我耳边说："看到没？是不是挺有感觉？"

"神经。"我说。

"你懂什么？这帅哥我都看中半个月了，就是这间酒吧的老板，不然我天天来这里玩，我有病哦！"

"我看你是真有病。"我拼命捅小烨，"这种花花公子一看就有恋母情结的。"

"别乱说！"小烨抽我，"你去问问他喜不喜欢我？"

"去！要问自己去问！"

"陈阿朵，算我求你行不行？"

小烨以前是我们学校的校花，她很酷的，从不和任何一个男孩子走得近，换句话来说，就是从不让男生有希望却又从不让人家绝望。因为这个，我们宿舍总是有吃不完的土特产，都是那些男生从老家吭哧吭哧地背来孝敬她老人家的。有时候还有男生背着吉他到楼下来唱歌给她听，她把窗户一开大喊一声："有没有搞错哦，那么走调！"

然后再蹲下来和我们一起哈哈大笑。

很少有男人让她这么紧张过，看来，她对这个Ben是真的有点意思。

"大家注意，抽奖活动就要开始！三个幸运奖，我们将请Ben先生来抽，奖品是手机一部！"

"哦哦哦。"台下有人得寸进尺地嘘起来。

在大家一阵乱笑中那人手指在键盘上敲了一下，大屏幕闪了闪，首先出来的竟是我的名字：87号，陈朵。

我朝大家飞吻一个，随即轻快地跳到了台上。主持人是个年轻的小伙子，他尖声地不知疲倦地叫嚣着："这位小姐真是好运，说说你的感想！"

我恶作剧："太开心太开心了，谢谢我的唱片公司，谢谢我的制作人，谢谢所有支持我的歌迷，谢谢CCTV、MTV颁给我这个奖项……"

底下已经是笑得不成样子。小烨笑得最夸张，差一点倒在旁边那个男人的身上。

我给她一个飞吻，她回应我。两个无业女游民，花痴得有些不像话。

我忽然想起什么，于是又抢过话筒来说："对啦对啦，我还有个问题要替美丽的小烨问一下，那就是Ben先生你喜不喜欢小烨？"

下面一阵狂嘘，小烨尖叫着跳上台来把我给拖了下去，嘴里喊着"死阿朵你找死呀，看我不好好收拾你"。

那个叫Ben的，笑得好尴尬。

我刚被小烨从台上揪下来就被死胖子拦住："嘿，小姐你挺泼辣的啊，还这么好运。商量一下，替我把头洗了，我就不跟你计较喽。"

"用香槟洗好不好？"我笑笑地看着他。

他把双手举到胸前，往前一推说："行行行，我认输，不打不相识，做个朋友怎么样？"

"好啊好啊。"我不想太过引人注目，只好委曲求全哼哼哈哈，声称要去洗手间才算脱身。小烨跟着我追出来，跳着脚喊："死小朵死小朵你今天是不是吃错药了！"

"嘘！"我朝她竖起一根手指说，"是你自己让我问的哦。"

"行啊你！"小烨把我一抱，兴奋地说，"够朋友，待会儿去看他的反应，呼呼呼！"

"嫁入豪门会很惨的！"我打击她。

"谁说要嫁。"

"小心玩出火来。"

"顺其自然喽。"小烨说。

我跟小烨再进去，抽奖已经结束，台上的乐队正在唱陈奕迅的《阿怪》：

我们叫他阿怪

他说的最多的是拜拜

钱赚了就离开

直到不能够生活他才回来

他常说　日子过得太快

还没攀过乌拉山脉

他有他未来　我们学不来

……

"这歌我最喜欢！"小烨站在我身边，脚打着拍子，跟着台上的人卖力地唱着："我们叫他阿怪他说的最多的是拜拜……"

我却看到那个叫Ben的，没跟任何人说拜拜，已经从后面悄悄地离开了。

（4）

第二天我一直睡到十一点，到底年纪大了，再也经不起疯玩，我用了四十分钟从床上挣扎起来，决定继续上网找工作。

我一到网上就发现宋天明已经在线了，QQ头像改成愤怒状。

看见我上去，他就张牙舞爪地扑上来："陈小朵，你你你昨晚上哪了？"

"和……小桦……去了酒吧。"我坦白。

他做伤心欲绝状："你知不知道昨天是什么日子？"

"什么日子？"

他忽然矜持起来，死也不肯说。直到我耐心用完，警告他不说就走人，他才扭扭捏捏："是我们……第一次kiss啊。"

说完，他打过来一个亲吻的图标。

"阿朵，我很想你。"

简单的一句话，居然让我红了眼眶。

记忆回到我们在大学里的日子，在师大的那棵香樟树下，我和他的初吻。宋天明个子很高，我只能到他的胸前，所以要很辛苦地踮起脚尖。那时是夏天吧，天上有很多很多的星星，我回到宿舍的时候已经熄了灯，然后我爬到小烨的床上，在她耳边轻声对她说："我被宋天明算计了。"

"你完了。"小烨说，"这就等于把自己贱卖了。"

小烨一直认为我可以找到更好的男朋友，更好的标准其实也说不上来究竟是什么。但小烨骨子里确实比我骄傲，而且，如果是她想得到的，她说什么也要得到。

比如Ben。

前天她对我说，Ben开了一家新酒吧，她去应聘大堂经理，以她的美貌加学历肯定没问题。我问她，万一被录用了月薪多少，她说："试用期800元。"

我还没晕倒的时候她又说："钱算什么，陈阿朵，你真的好俗哦！我呢，我这辈子最大的梦想就是和自己爱的人一起浪迹天涯，现在真爱的人终于出现了，我的梦想已经迈出了第一步！"

"你当Ben是白痴？"我说，"放着大好的生意不做陪你做梦？"

小烨振振有词万分臭屁地回答我说："当男人爱上一个女人的时候，就等于是一个白痴。"然后她豪情万丈地一拍我肩膀，"陈阿朵，等我凯旋。"

叶小烨果然凯旋，顺利地当上了Ben新酒吧的大堂经理。

我摸去看她，下了公交车按她给我的那个地址一路找过去，Ben的新酒吧在一个很安静的街区，有一个很特别的名字，叫"旧"。

我走进去的时候，怀疑自己跌入了时光隧道。吧台、酒桌、椅子、窗帘，无一处不充溢着浓浓的复古味道。虽说我们上次去的"新世界"也是他开的，两者却是全然不同的风格。看来这个叫Ben的，还真是有两下子呢。

下午时分酒吧里的人不多，很安静，我在吧台前高高的椅子上坐下，问正在调酒的服务生："你们经理呢？"

"哪个经理？"他问我。

"最漂亮的那个。"

"是叶经理吧。"服务生说，"她在后面，一会儿就来。"

有小姐过来问我喝什么，反正是小烨买单，我想也不想地说："XO。"

坐了一会儿，旁边忽然有人搭话说："我看这里你最漂亮。"

我掉头看，是个三十岁左右的男子，长得尖嘴但不猴腮，难看得简直要交税，于是厌恶地往边上挪了一个位置。

谁知道他竟跟着我挪过来："小姐我们有缘，我今天请你，你吃什么喝什么都算到我账上，好不？"

他话说完，小姐刚好把XO替我端来，我接过来，顺势往前面的烟灰缸里一倒，然后对小姐说："麻烦记到这位先生账上。再麻烦请你们叶经理快点出来！"

"呵呵，没关系，倒吧。"那家伙好像有些喝多了，说话舌头开始打结，"你倒多少我都请得起。"

我只好离开吧台，坐到窗边的位子上去。

好在他没有跟过来。

没过一会儿有人在我桌上放下一杯透明的柠檬水，上面飘了一片薄薄的黄色柠檬。一个声音拿腔拿调地对我说："小店刚刚开张，小本经营，还望海涵。"

我抬眼一看，是小烨。她穿了一件相当别致的旗袍，把整个身材衬托得凹凸有致，一张清致的面孔笑眯眯地对着我，美得我倒吸一口凉气。

"天。"我说，"你门口应该立个牌子：内有天仙，凡夫俗子不得入内。"

"服了你这张嘴。"小烨朝我挤挤眼，"这里不方便，到我经理室去！"

我跟她进入她那储藏室般大小的所谓经理室，她把我往那张转椅上一按，人在我面前得意地转个圈说："怎么样？一切尽在我掌握之中！"

"他来这里？"我问她。

"当然，这里是新店，他一周起码来四次！"小烨在我面前竖起四根手指头，然后说，"他已经四次夸我能干，呵呵呵。"

"等他四次上你床你再得意也不迟！"

"哎呀，陈朵你真是狗嘴里吐不出象牙来！"小烨啐我。

我无可奈何地说："看来你是铁定了心要拿你的青春赌明天喽。"

"我好喜欢他的眼睛。"小烨花痴地趴到我耳边说，"他一看我，我就整个晕了。"

"哪里那么严重。"我笑。

"看我身上这件！"小烨又在我面前一转说，"在苏州定做的，只此一件！"

"他送的？"

"工作服嘛。"小烨红着脸说。

真是乱了套了。

就在这时有人敲门，进来的是一个服务小姐，对小烨说："叶经理，外面有人闹事。"

"哦？"小烨说，"什么事？"

"他说在我们这里丢了钱包。"

"有这事儿？"小烨娇眉一蹙出去了，我也跟着去看热闹。闹事的正是刚才想请我喝酒那个人，嘴里正在不停地骂骂咧咧。小烨走上前问道："先生您钱包丢了？"

"废，废话，当然是丢了，就在这里丢的，你们……你们快替我找回来！"那人真是喝多了，话都开始说不清。

小烨比我想象中有耐心多了，问他："您一个人来喝酒的吗？有没有忘在什么地方，您再好好想想，刚才都和什么人接触过？"

"有！"他手指往小烨身后一指，直直地指到我身上说，"从我进来，我就只跟这个小姐说过话，也只有她在我身边坐过！"

"喂！你是大脑有问题吧。"平白无故被无赖冤枉，我火冒三丈高，小烨赶紧示意我莫吱声，转声又好言对那人说："先生您一定弄错了，她是我朋友。"

"你……你朋友就保证没事吗，我不管，先搜她身。"

什么！

要不是小烨拉着我，我上前就要给他一巴掌，这种人，不打怎么行。

"要搜她身！"他还在翻着白眼不知死活地叫喊。

小烨当然知道我的脾气，连忙低声对我说："这人不讲理，乖，你先到我办公室去，这事我来处理。"

我没打到他，哪里甘心走。正和小烨拉扯着的时候有人走了过来，说："唐总，东西丢了好好找，别这么冲动。"

竟然又是周国平！

这个世界是哪天变小的？

那个姓唐的家伙一见周国平气焰立马就下去了不少，搓着双手说："周，周总，你怎么也在这里？"

周国平淡淡地说："这姑娘是我朋友，你别冤枉她。好好找找，就这么大块地方，丢不了的。"

正说着，有服务生举着他的钱包跑了过来，原来他把它放到了洗手间的台子上，不仅是钱包，还有他的手机。

那家伙闹事不成，立马蔫了。

我恨恨地对小烨说："要不是你的场子，我今天就砸了这里。"

"那是那是。"小烨安抚我坐下，叫小姐给我倒杯冰水。

身后周国平正在跟小烨说："他喝多了，让保安给他叫部车送他回家，车费和他在这里消费的费用我来替他付。"

那人终于被架走了。

"谢谢周总。"小烨说。她又碰碰我说："小朵，来我替你介绍一下，这是环亚集团的周总经理，出了名的义气。"

"我知道，"我转头说，"也是出了名的有钱和出了名的忙。"

"哦。"小烨一拍脑门说，"瞧我，忘了你们本来认识。"

"她对我有成见。"周国平笑着说，"不好意思，我那边还有客人，恕不奉陪了，改天再聊。"

我对着他的背影做个大大的鬼脸。

周国平一走，小烨就把我拉到办公室里一顿好骂："你怎么不去他公司，又怎么对人家这样子啊，真是不可理喻。"

"不可理喻的是你，来这种鬼地方上班！"

"这里真挺好的啊，可以说是全市最有品味的酒吧了，像周国平这样的人也常来就能说明这个道理。"

哼哼，小烨也就这点见识了，周国平算什么。

又有人敲门，这回进来的是Ben，这家伙是挺帅的，难怪小烨会为他失魂落魄。冲我们笑笑后他问道："听说刚才出点事儿？"

"小事，摆平了。"小烨得意扬扬地说。

"你们聊，我还有事要走先。"识时务者为俊杰，我赶紧溜吧，不然回头准会被小烨掐死。

小烨对Ben说："记得吗，这是我朋友小朵。"

"我记得。"Ben说，"上次中奖那个。"

"不会是因为我拿了你的手机就如此耿耿于怀吧。"我说，"赶明儿还你！"

"哪里。怎么会！"Ben笑。

"小朵喜欢瞎说。"小烨说，"你别理她。"

"有时也说说真的，比如上次在台上问你的那个问题，你要记得回答小烨哦。"我飞速地说完，然后赶紧拉开门走掉了。

出了门，已经是黄昏了。我把手搭在眼睛上往公交车站走去，有辆车缓缓地跟过来，在我身边按了好几下喇叭。

是周国平。

他推开车门。我想想下班高峰公交车上人挤人的惨状，犹豫了一会儿，还是上了车。

他说："我特意在这里等你。"

"呵呵。"我笑，"如果宁子问起，你就说我还是她的家庭教师，等她妈妈回来，一切恢复正常。"

"你让我有失败感。"周国平笑着说。

我奇怪地看他。

他又说："我等了你三天电话，要知道我们公司的任何职位，都会让人趋之若鹜，可是你竟不理不睬，我想知道为什么。"

"我没见识，周老板。"我说，"你这回看走眼了。"

"是吗？"周国平发动汽车说，"那你得让我再看看。"

"你别看了。"我说，"放我下去，我还是比较习惯坐公交车。"

他充满深意地打量我："你是我见过的第一个有宝马可坐还宁愿坐公交车的女孩。"

"这是宝马？"我问，"对不起，我对汽车一窍不通。"

"你通什么？"他更好奇，"衣服？手表？首饰？"

"零分。"我简慢地答道。大概因为他救了我，我今天看他也就没有以前那么不顺眼，甚至和他开起了玩笑，说："我通爱情。"

"人年轻的时候都这么想。"他和我玩深沉，"终其一生研究，你会发现爱情是一个假命题。"

"那什么是真命题？"我反问他，"事业？金钱？地位？"

他呵呵笑："伶牙俐齿，我觉得你很适合我们公关部，真的不想试试？我一直在找一个像你这么能说会道的员工。"

"是尖酸刻薄吧。"我刻薄自己。

"也可以这么说。"他回答我。

跟一个三十多岁的男人斗嘴并不是我的长项，我决定保持沉默。看得出周国平也并不是饶舌的人，他把车开得相当平稳，专心看路似乎心无旁骛。车里一片静默，我忽然觉得紧张。除非我瞎了眼才能否认这个男人的魅力，他的沉默里都有种让人不能违抗的力量，换作任何一个女人都会太容易为他神魂颠倒，只是，我已经有了宋天明。

"宁子这几天怎么样？"我问。

"你很关心她。"他说，"不过你不用担心。她目前的环境不利于成长，我打算给她换一所寄宿学校。学校是全封闭的，管理很严，她不再需要家庭教师。"说到这里他抱歉地看着我，"这也是我为什么建议你去我公司的原因之一。"

"之一？"我问，"你还有其他的原因吗？一个个放马过来？"

"你生气了。"他淡淡说，"小姑娘到底冲动，其实我给你的机会，比做家教好十倍。"

好一个刚愎自用不知悔改的臭男人！刚刚萌生的一点好感顿时消弭无形，我忽然觉得不能再任由他胡作非为，世界上总得有人对这种烂人说不！

"我做不做家教无所谓，此处不留爷，自有留爷处。"我尽量让自己显得有气势一些，"可是宁子呢？她正在念初三，功课那么紧，你这样折腾她，于心何忍？"

"我给她换的是全市最好的学校。"他忍受着我的不礼貌，"宁子是我的女儿，怎么做对她最好，我心里有数。"

"周先生，我到家了。"我说，"请你停车。"

"陈小姐，"他还是一直往前开，"我要告诉你两件事，第一，我去过你家一次，只要我去过的地方一般就不会忘记；第二，你关心宁子我很感激，但是你对她的了解，一定没有我这个当父亲的多。"

"你了解她？"我哼哼。

"我为她操碎了心！"

听见了没？夫妻就是夫妻，连说话口气都惊人的一致。一个动辄把孩子抛下出差十天半个月，一个高兴了就给女儿换所学校，再跟一个不相干的前家庭教师摆出这副怨妇嘴脸，做人怎么可以无耻到这个地步？

他好像看出我心里想什么。

"陈小姐，"他叹气，"宁子的成绩在全班排名倒数。"

"成绩差不光是学生的责任，再说，成绩能说明什么问题？"

"她在课堂上公然和老师对抗，把老师气出教室。"

"你敢说你念初中的时候不想这么做？"

"上个礼拜老师把我叫去学校，说宁子早恋，这就是我给她换学校的原因。"

天哪！情况不是一般得严重，这个父亲还停留在史前时代！他干吗不造一个无菌室把女儿关在里面？

"你在想什么？"他不识趣地问。

"我在想我初中时期的一百零一个男朋友。"

他不怒反笑："现在小姑娘是不是都爱说大话？"

"一百零二个。"我横他一眼。

"别开玩笑啦，你不是那样的人。"

"我是什么样的人你来规定？笑话。"我继续挑衅。

他淡淡一笑，"我打赌，到目前为止，你的男朋友小于或等于一个。"

我还没来得及反驳，他又接上："我很羡慕你，你的眼睛里看不见任何伤口，年轻到底是不一样的。"

面对这样一个自信满满自说自话的老男人，我还能怎么样？只能装聋作哑。车还在一直开，我们尴尬地保持着沉默。但是他刚才的那句话让我怅惘，说到"年轻"，他脸上有种异常温柔的神色。

幸亏我很快到家了。车还没停稳我就忙不迭地拉开门，周国平叫住我："关于我公司公关部的事情，我再等你三天电话，你考虑一下？"

"周先生，我不会去的。其实你并不欠我什么。"我不想再和他拌嘴，"你已经送我回到家，省下我在公交车上摇晃一个半钟头，现在是我欠着你。"

他还想争取："陈小姐，我公司待遇不差，而你的经济状况……"

天呐，所以说江山易改本性难移，周国平永远也改不了"说话直接"的毛病。

可是奇怪地，这一次我不想和他发火。

"周先生。"最后的几句，我说得诚恳，"我这人，生性散漫，而且不学无术。你们公司的职位那么多人争着抢着要干，你何必为了我一个小人物这么大费周章？我不喜欢受人恩惠的感觉，抱歉。"

说完这句话我就头也不回地走了，不给他任何鄙视我的机会。

他羡慕我，开的什么国际玩笑，我想起宁子说"他有新女朋友"的样子，想起宁子妈妈黯然销魂的脸。

这样的男人，在爱情里，永远是让人受伤的那一个。

但是他说得没错，宋天明是我的初恋。

在综合性大学里外文系和中文系的女生永远最受男生欢迎，而物理系的男生却永远最不解风情，不知浪漫为何物。

很受欢迎的陈朵和不解风情的宋天明这样死心塌地地恋爱，只因感动于他大二的那个冬天买给她的一个热乎乎的烤红薯。之后的几年也有人对我许诺过风花雪月，但是从未有人像宋天明那样让我觉得贴心。大三我过生日的那天，我和几个优等生被分到镇上一所很穷的中学去实习。那时候我还没有手机，正想去找个公用电话跟宋天明诉苦的时候他忽然从天而降，背着一个大包，包里全是我喜欢吃的零食，还有二十根很大很粗的红色蜡烛。在镇中学那个破旧的宿舍里，我们一帮同学吃零食吃得牙帮子都疼，在偷偷燃起的烛火中，宋天明用五音不全的嗓门领衔为我主唱张学友的《情书》。

此刻的我站在窗前看华灯初上，每一点都幻化成当时的烛光。不知何时，这座城市开始整夜不睡，人人都担心时间不够用，恨不得连日连夜拼命工作拼命享受，只有我一日恍惚超过一日。

宋天明曾经对我说："这个城市里灯光璀璨，我相信总有一盏，会属于我和小朵。"

可是说完这句话的他几个月后就奔赴异国，在另一片天空下，点亮他每晚入夜时的灯。

我呢？为了省钱住的是个老旧的小区，楼道里的灯已经坏了两个礼拜都没人管，还有人经常在楼梯拐角堆些杂物，我每次上楼都小心翼翼，还是崴过一次脚。

崴脚的那天我对宋天明发脾气，当然是东拉西扯了一堆理由，自己越说越委屈，在电话里就哭起来。莫名其妙的宋天明在电话那端终于也山洪暴发，他说："陈朵，我在外面这么辛苦不都是为了我们的将来吗？我除了当助教每周还要去打工你知道吗？为什么你就不能体谅我一点呢？"

这是我们的第一次吵架，最后以两人互相心疼抱歉不断自我批评和我的大哭告终。而我们也为此付出沉重的代价，各自打爆两张IP卡，相当于一个礼拜的口粮。

而现在，宋天明的电话永远等不来，我又是如此窘迫，舍不得买一张新的电话卡。

我们这么相爱，可到底敌不过生活琐碎。宋天明和我在各自的城市里各自辗转，心里明白对方的辛苦却不能伸手相助，这种无能为力的感觉，真像歌里唱的，永隔一江水的孤单。

（5）

第二天我本来想打起精神继续去应聘，却没有出息地一觉睡到中午。

吵醒我的是叶小烨的电话，她像抽风一样地咕咕笑："中午Ben请我吃饭，你猜我遇到了谁？"

"周润发？"

"聪明！"她说，"猜对三分之一。周国平和我们一起吃饭，他还和Ben夸你来着。"

"夸我什么？不知好歹？"

"真不知道你怎么想的。"

"我才不知道你怎么想的。"我没好气，"和一个老男人吃顿饭就能激动成这样？"

"陈阿朵你不要不识好歹啊，我完全是为了你！你看看你，毕业这么久了，你又不是缺胳膊少腿，找不到工作可以原谅，但是现在有工作不做你是什么意思？"

"贫者不食嗟来之食。"我哼哼。

"你是怕他没安好心吧？"叶小烨坏笑。

"去你的去你的！"。

好不容易把叶小烨对付过去，我的手机又响起来。得得，看来中国移动迟早要颁给我最佳用户奖。

这次打电话的却是周国平。

"陈小姐，"他的声音听上去很着急，"宁子有没有去你那里？"

宁子离家出走了。

周国平说，昨天晚上，他把宁子接回家，打算第二天送她去新学校报到。然后他有个紧急会议出门一趟，回来的时候，宁子已经无影无踪！

"已经一整夜了，她的同学我都问遍了，没人看见她。"隔着电话，我听得出他压抑着内心的焦虑，"我已经报了警，她妈妈也从上海赶回来了，陈小姐，如果有宁子的任何消息，请立刻通知我，立刻，好吗？"

看看，这个刚愎自用的男人，总算是得到教训。奇怪，我却有种宁子绝对不会出事的预感。现在的孩子根本就不像大人想象得那样弱不禁风，尤其是宁子，能那么冷静地说"我爸爸有新女朋友"的小姑娘，单独出个门就会遇上人贩子？打死我也不信。

我的预感果然没有错。

下午的时候我正在网上疯狂投简历，门铃响了，我去开门，宁子站在门外。

她的第一句话是："陈老师，我饿，你给我做饭。"

我说："宁子你先进来。"

她不肯，"但是你不许打电话给我爸爸妈妈，否则我转身就走。"

我考虑一秒。反正她在我这也没什么危险，而且像周国平那么自以为是的男人，让他着急一下也好。

主意打定，我一把将她拉进屋。她一屁股就在我唯一的沙发椅上坐下，还真不把自己当外人。

"你怎么知道我的地址？"我审问她。

"你和我妈妈签的协议上有。我又不是傻子。"

"干吗离家出走？"

"我不想转学。"

"出门干吗不带钱？你以为饭店旅店都是慈善机构？"我更凶。

她吸吸鼻子："我拿银行卡了，谁知道半个小时就被他电话挂失了。"

"你取了多少？"我问。

"三千。"

我惊得差点没从椅子上掉下去。三千块一天能花到没钱吃饭，这小妮子真有本事！

"你还是回去吧，我养不起你。"想想她是富人家的小孩呐，"我这里只有剩饭剩菜，隔天的。"

"陈老师，你别赶我走。"她央求我，"我给你买了礼物。"

说完她就从她鼓鼓囊囊的书包里掏出一个大塑料袋，我别过头：

“糖衣炮弹少来啊！”

她粘上来：“陈老师，那你就看一眼呗，就一眼！”

我拗不过她，转头，她把一件风衣塞到我手里。风衣我见过，是Christina的秋冬新款，漂亮得像女孩子永远的梦。我曾经好几次在商场里留恋地观望过，但我很没出息，都不敢上去摸一摸——我知道我买不起。

现在这个梦就在我的手里握着。我翻翻价签，两千九百八十元。

三千减去两千九百八十，还剩二十元。

这就是宁子为什么饿着肚子到我这来的原因。我不知道说什么好。

“你再这么大手大脚花钱我揍你啊！”我把风衣塞还给宁子。

她却用一双大眼睛恳求地看着我，她的眼神清澈透明，晃着一点泪光，倔强得让人心疼。

“你不收下就是看不起我。”她垂头丧气地补充一句。

“我为什么要看不起你？”

“因为我是个坏孩子。”

“哈哈，坏孩子。”我向她伸出手，“谁批准的？有证书吗？”

她扑哧一声笑出来。“陈老师你和我爸爸妈妈不一样。”她说，“不过你还是要收下这件衣服，不然还是看不起我。”

“太贵了。”我坚持，“你不能送我件便宜点的？”

“钱算什么？”她大大咧咧，“我什么都缺，就是不缺钱。”

"是你自己的钱吗？"

"他们对不起我。"宁子说，"钱是他们应该给的。"

"周宁子你要是再这么不知好歹，我马上打电话给你爸爸妈妈。"

"你不会的。"她胸有成竹，"陈老师，我知道你是好人。"

这是什么世道？连一个小孩都吃定我。冰箱里没多少东西了，我拿几个鸡蛋做了简单的晚饭，被宁子一扫而空，吃完之后还抹着嘴巴满足地叹气："陈老师你的厨艺天下第一。"

"少给我灌迷魂汤。"我说，"吃饱喝足该回家了啊。"

她头一扭，"不回。"

"为什么？"

"他们拆散我和阿东。"

原来周国平还真没冤枉她。

"阿东是你同学？"

"不是。"她犹豫了下，"是网友。"

"干吗的？"

"不知道。"

"姓什么？"

"不知道。"

我真有当场晕过去的冲动。

"陈老师，他们那么独裁，我永远都不回家了。阿东今晚会来这里接我，我和他一起浪迹天涯。"宁子英勇地说。

"他要是敢来这里我用苍蝇拍把他拍出去！"我终于火了，"你们小孩还有完没完？"

"我都十五岁了，我有爱的权利！"宁子大声冲我喊，"你还把我当成孩子，原来你和他们是一样的！"

她的眼泪迸出来。

唉，这个让人又恨又爱又心疼的小破孩。"宁子你别闹了好吗？"我几乎在恳求她，"陈老师给你炖最好吃的莲子汤，你在这乖乖坐着，好不好？"

等我炖好莲子汤出来，宁子就不见了。

她不见了。

"她不见了！"我像个疯子似的喊起来。

不知道过了多久我才醒过神向门外冲去，楼道里黑漆漆的，我一脚踩空之后就像把破椅子似的直摔了下去。

我在医院待了大半天，后来听说他们是在一座废弃的公园找到宁子。她缩在一座假山旁边等她的阿东到两点钟，看见大人来了拔腿就跑，被人抓住的时候手挣脚刨，像一头野蛮的小兽。

那个阿东根本就没有去见宁子。不幸中的大幸。

宁子把自己关在房间里不吃不喝，几个人轮番看着她，怕她再次逃跑。

我的脚踝只是轻伤，第二天就可以出院。

没想到，周国平的车等在医院门口，要带我去看看宁子。

"宁子以前做过傻事，"周国平说，"我总不放心她。"

"什么时候？"我问。

他有些不自然地笑："我和她妈妈第一次讨论分居时。"

"宁子是个傻小孩。"我说，"她对人很痴心，对爸爸妈妈其实也是这样，你们要给她足够的信任。"

周国平微笑地看着我："陈小姐，你总是给人太多信任。"

哎，我的脸开始火辣辣地发烫。

幸亏他并无意讽刺我，他只是皱起眉头微微叹气。这个在商场叱咤风云的男人，此刻我才相信，他说自己为宁子"操碎了心"，并非虚言。

"你的伤？"他说，"医院发票给我。"

我笑。

他也笑："希望没再次得罪你，但我是真心。"

这回，我倒是真的没介意。

"请去看看宁子。"他说。

"我怕她不再愿意见我。"我担心地说。

"不会。"周国平说，"宁子的心意我还明白，现在唯一可能让她听话的人就是你。"

他把我带到宁子的房间就和看护一起退出去，留下我们单独相处。

我刚一走动，宁子就叫出来："陈老师，你的脚怎么了？"

"还有脸说！"我凶巴巴，"不都是你害的？离家出走很好玩吗？"

"陈老师你原谅我。"她可怜巴巴地说，眼角噙着泪。

我的心早就软了，面上还是装作强硬："被自己爱的人放鸽子，滋味是否好受？"

"其实我不爱他。"宁子说，"他连高中都没毕业，我的偶像是尼古拉斯·凯奇，又酷智商又高的那种。"

"不爱他干吗要跟他逃走？"我的声音又高起来。

"他关心我。"宁子垂着头，"他在网上给我过生日，送我一千朵玫瑰，我以为他关心我。"

宁子的话让我一阵心酸，我想起她孤单的十五岁生日。"难道爸爸妈妈不关心你？"

"不。"她倔强地说，"他们关心的是钱。从我记事开始他们就忙着赚钱，成天开会出差，我吃方便面吃到要吐。有了钱之后他们就闹离婚，离不成也是因为钱。"

"你要怎么样才相信爸爸妈妈很爱你？"我叹气。

她想了想。

"我不想转学。那个寄宿学校很恐怖，我有同学在里面待了两个月就忍受不了逃出来，他们每天做功课到十二点，班干部都是老师的小跟班，连午睡时听歌都要被举报，在那里我会死。"

"留在原来的学校，大家都会议论你的事情，学校可能还会给你处分，这些你都受得了？"

"放心吧，陈老师。"宁子说，"我自己做的事情当然要承担责任，畏罪潜逃才是可耻的。"

我被她逗得笑出来，答应找周国平帮她说情。

"但我话说在前头，我不一定能成功啊。你爸爸的脾气和你一样拧。"

宁子开心地笑，这笑容才让她看上去是一个十五岁的孩子。

"你就大胆地去吧，陈老师，有你出马一定成功的，我对你有信心。"

我和周国平约在阿Ben的新酒吧。

他还有点事没忙完要晚来，我比他先到，小烨又换了一身新衣，挤眉弄眼地对我说："进展飞速啊。"

"很遗憾，不是你想得那么刺激。"我把宁子的事情告诉她。小烨说："我不管，那边的情侣包厢留给你们，我给他打八折。"

"不用了，留给你和Ben坐。"我压低声音说。

小烨的声音压得比我还低，娇笑着说："今晚他约我吃夜宵。"

呵呵，这才叫进展飞速。我甚至有些酸溜溜地想，像小烨这样的美女，想要什么要不成？

"想什么呢？"小烨拍拍我，"我有点事先去忙，你想吃什么喝什么尽管要。"

"好。"我说。

小烨走后我就对着一杯冰水发呆。夜晚的"旧"显得更安静了，灯光微弱而细致，音乐如水一样，和窗外的月光一样轻轻地流泻。我走神走得老远，以至于周国平坐到我对面我都没发现，直到他说话："对不起，让你久等。"

"哦。"我回过神来，"没关系。"

"你很容易走神。"他说。

"是吗？"

"第一次，在我公司楼下，也是这样，你看着窗外发呆，我那天很内疚，知道自己说错话。"

"我只是小人物，不用抬举我。"我说。

"喜欢这里？"他问。

"穷人，来不起。"我说，"我只是有朋友在这里做事，所以才来。"

"美丽的小烨经理？"他说。

看来男人的审美都一样。

"你找我来……"

"是为了宁子的事。"我说，"宁子不愿意转学。"

"事到如今她知不知道不转学的后果？"

"她知道。"我说，"我都和她说明白了。周先生，我觉得你应该给宁子一次机会，让她试着为自己的错误承担责任，这样她才有可能健全地长大，过度保护只会适得其反。"

"是吗？"周国平不置可否。他点燃一支烟，我紧张地看着他，大概当他在公司作出什么决定的时候也是这样凝重的神色。

"我答应你。"最后他说。

"耶！"我忍不住叫出声，"我要把好消息告诉宁子。"

"等等！"他说，"你的事情讲完了，我的事情还没说呢。"

他的语气让我不容拒绝，我只好坐下说："请周总吩咐。"

"叫我周总，那就是你答应了？"他大大的狡猾。

"答应什么？"我低头笑。

"明天来上班，办公桌已替你准备好。你主要负责公关部目前的一些文字工作，对你而言很简单。"

"是，周总。"难得的好机会，我没有理由再扭捏下去，不是吗？

"那我们喝一杯？"周国平说，"然后我送你回家，你明早八点来报到，我介绍你认识部门的总管和同事。"

看看，我还没上班呢，他老总的架势倒已经摆得到位了。我只好把手中的冰水一饮而尽，然后站起身来。

"小朵。"小烨走过来拉住我说，"怎么才来就要走？"

"陈小姐是来给我指派任务的，任务派完了自然要走。"周国平说。

"你拿周总开涮？"小烨咂咂嘴说，"不得了不得了。"

我把小烨拉到一边："我答应他明天去上班。"

"真的？"小烨兴奋地说，"听说环亚的清洁工一年也能拿三万元。哦，你发了财可别忘了我。"

"八字还没一撇呢。"我说，"哪有你那张叫Ben的长期饭票管用！"

"有没有说月薪多少？"

"别八婆啦！"我推她。

周国平远远地站在一边，耐心地等我们俩嘀嘀咕咕。

回去的车上，他并不多话，这让我很安心，我一直都不太喜欢话多的男人。车子开到我家门口，他很礼貌地先下车，替我拉开车门，叮嘱我明天早到，然后才跟我说再见离去。

被人重视的感觉，总是快乐的。我倒希望这个姓周的家伙真的没有看走眼，那么，我没准还真是个人才。

（6）

就这样我开始了朝九晚五的白领生活。

我决定抓住机会好好工作，更何况这份工作其实很适合我。我去的时候公司正好在面向广大员工征集我们企业之歌的歌词，说是要请很有名的作曲家来作曲，还要拍成MTV在电视台播放。我们经理让我担任初选负责人，我每天看那些歌词都看得笑出声来，觉得挺好玩，一时兴起也随手写了一个送上去。谁知道半个月后结果下来，最终被选中的竟是我写的！经理这下脸上有光了，对我很满意，当着周国平的面夸我道："我们这次总算找到得力的帮手。"

周国平微笑着说："那就好。"然后给我一个鼓励的微笑。

我发现，他对谁都喜欢这样笑。虽然他并不是天天来公司，但在公司的时候，就和我们一起在食堂里吃饭，不管吃什么都把盘里的吃个精光，员工对他的印象都相当不错，说他是一个很有亲和力的老板。

好运来了挡也挡不住，就这么几句随手写下的歌词让我在公司里站稳了脚跟。我们经理为此特别请客，说是一为庆功，二为对我这个新人的加盟表示欢迎。那天公关部所有的人都参加了，还特别邀请了周国平。席间有人闹起酒来，给我倒了满满的一杯五粮液，非要我喝。周国平当场替我挡下来说："小陈不能喝酒，还是我替她喝了吧。"

说完，一杯酒慷慨下肚，众人再没谁敢有二话。

我刚入社会，对付这种应酬比起小烨来差得远了，所以对周国平，心里不是没有感激。

吃完了饭就是唱卡拉OK。我喜欢唱歌，并且唱得也算不错，在众人的推搡下唱了一首孙燕姿的《爱情证书》。那歌很抒情，并不适合那天吵吵嚷嚷的气氛，只是我自己很喜欢，所以就唱了。我们部门的每个家伙都能闹能喝，吃饭的时候没喝够，还在吵着问小姐拿香槟。唱到中间的时候我发现好像只有周国平一人在认真地听，一边听一边漫不经心地抽着烟，他的眼神是很温和的，还带着一些独特的寂寞。

我慌乱地移开眼神，把一首歌唱得虎头蛇尾。

可恨的是有同事在旁边瞎起哄："听说陈朵的男朋友在美国哦！异地恋都是很辛苦的，这首歌是不是心情写照啊？"

我注意到周国平意味深长地看着我，尴尬得想找个地缝钻进去。

不知道是不是周国平曾经替我挡酒的缘故，同事们都开始对我愈加友好，甚至有传闻说，我是周国平的远亲。我对此一笑了之。平时我和周国平基本上也没什么接触，那天是意外，临下班了突然冒出一大堆事来，我只好饿着肚子埋头苦干。等到干完出来，天早黑了，还飘着不大不小的雨。秋天的雨已有些微凉，我只穿着一条薄裙，又没带雨披。打车吧，路那么远又有点心疼，只好无措地在公司门口踟蹰起来。

周国平就是那时从电梯里出来的，问我："回不去了？"

"是啊！"我说，"雨太大了，我等会儿！"

"走，我开车送你吧。"

我下意识地拒绝说："不用了。"

周国平："怕人家又说你是我远亲？"

我笑，这个明察秋毫的老板。

他一面说一面出来帮我开车门，细雨打在他很高级的西装上，他连拍都没有拍一下。

可是周国平并没有直接把我送回家，而是带我去了一家很雅致的日本餐厅。他的理由很站得住脚，你为我加班，我请你吃饭。餐厅里若有若无地飘着松隆子的歌——《爱在樱花雨纷飞》那是我很中意的一位日本歌手。我们都不怎么说话，如果说周国平有什么大优点的话，那就是他懂得沉默，这是我所喜欢并欣赏的，和这样的人在一起，纵然他是你上司，你也不会有任何的压力。

谁知道快要结束的时候他却忽然对我说："奇怪，你今天话很少，也没刻薄我。"

我被他刻薄，很窘迫，只好老实地说："我不敢。"

"为什么？"他明知故问。

"因为你现在是我的顶头上司，我每月得向你领饭票。"

"呵呵。"他笑，"工作还满意？"

"这个问题是否应该我问？"我说，"周总您对我还算满意？"

"满意。"他略显得意地说，"我早说过我有慧眼。"

我的自尊心得到极大的满足。

工作就是这样的，上了轨道便一日忙过一日。我才发现原来我是一个这么有敬业精神的人，工作完不成就不肯吃不肯睡，当然也少了很多时间上网和宋天明聊天。奇怪的是，我不理宋天明，他也不理我。我们计算好每个月通电话的时间，再将其平均分配到固定日期的固定钟点，而谈话的内容也越来越乏善可陈。

我从来不承认距离可以杀死真正的爱情。我总认为那些放弃的人是从一开始就不够坚定，而我和宋天明的爱情无比纯洁无比真挚，总有一天可以守得云开见月明，就像歌里唱：我们用多一点点的辛苦，来交换多一点点的幸福，就算幸福还有一段路……

我只是没想到这段路会如此漫长。而路的尽头是层层迷雾，我的未来，看不清楚。

十月二十日是我的生日。

清晨起来的时候，有人敲门送来很漂亮的玫瑰，艳艳的粉红色，花香袭人。

我以为是宋天明发了横财才全球速递给我鲜花，可花拿起来，却发现是另一个我相当熟悉的签名：周国平。

电话随即而来："今天你生日，可以放一天假。"

"是不是员工都有这个待遇？"

那边想了一下说："不，你例外。"

"谢谢周总。"我说，"我可以猫在家给男朋友写情书。"

那边又愣了一下，然后说："随你安排。生日快乐。"

电话挂了。

我稍怔了怔神，打开邮箱，本来以为宋天明就算没时间给我写情书，也会有张电子贺卡吧？谁知道未读邮件箱里空空如也。

我开始有些气闷，不过还是耐着性子等他上线，等到他那边晚上七点多的时候他才姗姗来迟，我和他打招呼，他居然对我说："小朵，我只能和你说一小会儿。我同屋要去参加一个聚会，要我开车送她。"

"你买车了？"我诧异地问。

他有些慌乱："二手车，才买了不到一个礼拜。"

说完他匆匆下线。从始至终，他居然没有提到一句我的生日。他已经在另一个陌生的国度里有了新生活，陈朵不过是他不愿再唱的老歌谣，碍于情面不好丢弃的旧行李。

我知道我自己的想法很小气很没道理，可我还是忍不住给他留言说："宋天明，既然你这么不关心我，我们也没有再继续的必要了。分手吧。"

写完这几句话我心里空荡荡的。我知道，这不会是真正的分手，事情会以宋天明的着急上火道歉求饶和我的泪水告终。可是事到如今也只有这种方式才能让我感受到他的关心，我们的爱情已经如此麻木，不得不靠刺痛对方来获取仍然相爱的证明。

深深的疲倦忽然像黑暗里的潮涨，席卷了我的身心。

我用冷水洗了个脸，还是去上班了。周国平在过道里见到我，吃惊地说："不是放你假吗？"

"老了，不过生日了。"我耸耸肩，不愿多说。

"在我面前说老了？"周国平说，"刺激我？"

"对不起，周总。我不是故意的。"我低下头，不想让他看出我的心情不好。

"那晚上我请你吃饭。你下班后等我。"说完，他就转身进了他的总经理室。

找不到也不想找拒绝的理由，下班后我和周国平一起到山顶的一家西餐厅。这里环境非常不错，而且人不多，穿白纱裙的女生在钢琴旁弹了一支我喜欢的曲子《夏日的最后一朵玫瑰》。侍应送上一个小蛋糕，是玫瑰形状的。钢琴手开始弹《生日快乐》。看来一切都是有"预谋"的。周国平端起酒杯对我说："生日快乐！"

我并没有举杯。

"怎么了？"他问我。

我傻傻地说："这种地方我不习惯。"

"呵呵，多来几次就习惯了。"他笑，然后说，"干！"

这应该是我们第三次单独在一起吃饭，他很快微醉了，说："第一次认真看你，你穿一条皱巴巴的裙子，头发蓬乱地给我开门，而且对我出言不逊，那时候我就想，这是个不一般的女孩子。"

"周总，"我吓了一大跳，"莫说醉话。"

"醉了才敢说。"他说，"小朵，我深深被你吸引。你是我见过最善良单纯的女孩，你像个天使。"

天使？

电话就在这时候很识时务地响了，是他的。他接了，却又很快把手机递给我说："找你的。"

我满腔狐疑地接过来，竟是小烨。她在那边压低了声音说："我就知道你们在一起，宋天明找不到你，电话打到我这了，看样子急得够呛。"

我拉开我的包，原来手机没电，自动关机了。

"你是不是和他撂了啥狠话？他急得哭天抹泪的！"小烨说，"看在校友的分儿上呢，我就告诉他你在外面和帅哥庆祝生日，晚点才能回去。"她说完开始得意地笑，趁我还没来得及骂她，挂掉了电话。

这个天杀的小烨，给我添的什么乱！

我跟周国平说："小烨说，要给我庆祝生日。"

"好啊，吃完了我送你去。"他说。

我莫名地心事重重，牛排端上来只吃了三口就再也塞不进去，从饭店出来下台阶时还差点摔了一跤，还好周国平及时地扶住了我。

他的手握住了我的手心，我的长发妥帖地掩饰了我的慌乱。

我执意不让他送我，他只好看着我上了出租车，车子就要发动的时候，他从口袋里掏出一个小小的盒子递给我："小小意思，生日快乐！"

一枚很精美的水晶胸针，玫瑰的形状。

我心慌意乱地把它塞进口袋。

回到家我把手机充上电，宋天明的电话很快就打进来，他的声音火急火燎："有时差啊，小朵，我忘记了时差！在我这边，明天才是你的生日！"

我一下呆住，原来是我错怪了他："对不起……"

"小朵，"宋天明打断我道歉的话，"答应我以后都不要再开这样的玩笑，好不好？你知不知道一个人在外面日子有多难捱？只有想到你的时候我才有快乐。小朵，我们不是这个世界上最亲的人吗？你怎么能扔下我？"

我没想到宋天明会对我说这么肉麻的话，其实他一直以来都是一个笨嘴拙舌不善表达的爱人，他从来相信行动胜过一切言语。大学和他恋爱的三年我几乎被宠坏，别说脏活累活，就连厚一点的课本都是他帮我拿到教室，然后顶着我们班女生的调侃红着脸离开。

而现在，当距离让我们变得无能为力，宋天明终于勉为其难地学会甜言蜜语。虽然他运用得如此直白和笨拙，但对我而言，却胜过一万句精美的情话。

因为我知道他是真心的。

"小朵，我爱你。"宋天明的声音竟有些哽咽。

"我也爱你。"我喃喃地说。

说完这句话我心里一颤。原来一直全力保护的东西都还在，那么安全、那么笃定地被我暖在胸口，我的爱情，原来并没有离我而去。

早晨的时候闹钟响起，我发现自己没脱衣服没洗澡就瘫在床上睡了一夜。

腰底下有个东西硬硬的硌得我发慌，摸出来一看才发现是周国平送我的玫瑰胸针，我垫着它睡了一整夜。

到这时我才有时间和心情定下神来，翻来覆去地研究这枚胸针，那朵玫瑰做得很精致，旁边甚至有两个小小的字母：CD。我不知道CD还出品胸针呢，如果不是的话，那应该是我名字的英文缩写，这么说这胸针应该是订做的，何时做的？为何而做？

我这么一寻思就耽误了半个小时，打了车慌里慌张地赶到公司，听到经理正在跟别人说周总出差了，在他回来前某事一定要完成……

不知为什么，我竟觉得松了口气。

（7）

十一月的第一天。

清晨的风吹到脸上，已经有些冰凉的疼。

我差不多有一个星期不见周国平。当我看到他办公室的门是开着的时候，竟有一种让我自己害怕的惊喜。我刚在办公桌上坐下经理就走过来对我说："你去周总那里一下，有新任务派给你。"

我去的时候他正在埋头签文件，我在门上敲了三下，他招手让我进去，对我说："降温了，要多穿些。"

"嗯。"我说。

"坐啊。"他说。

"不用了。"我说，"站着听吩咐习惯些。"

"贫！让你坐你就坐。"

我只好在他对面的椅子上坐下。

"是这样的，马上就是新年，电视台希望我们赞助他们一场迎新春的动漫表演活动，我答应了。主要呢，也是想趁此机会把企业的牌子再竖一竖。不过我不想让这些钱打水漂，所以策划方面，我希望你多动动脑筋。"

"我一个人？"我说。

"每年这个时候公关部事情都特别多，我刚才跟你们经理商量过了，这件事主要由你来负责。"

"我怕我不行。"我说。

他板起脸："这话我不爱听。"

"行。"我只好说，"我尽力。"

"明天电视台的编导会来和你一起商量，我三天内要看到详细的计划书。"他说。

我深知机会也不是常常有的，于是三天都加班，拼命想点子也拼命跟电视台的人磨嘴皮子。演出的每一个节目，舞台的每一个角落，cosplayer（角色扮演者）的每一件服装，甚至现场的每一把座椅，我都希望可以巧妙地打上"环亚"的印记，在不多出一分钱的情况下尽量达到最完美的广告效果。电视台的编导无可奈何地对我说："我和环亚合作差不多有五年，小陈你是算得最精的一个。"

我瞪着眼："你们的活动我可是出了不少主意，照理说，那是我分外的事。"

"承让。"他向我拱手。

三天后我给周国平呈上我们的计划书，他相当相当满意，吩咐我们经理给我足够的自主权去做这件事，经理笑着点头说："看来我出国的事有希望了？"

我们经理早就想出国了，因为和周国平私交甚好，周总不肯放人，所以才一拖再拖。

"指日可待。"周国平说，"她有足够的灵气，差的只是经验而已。"

经理转头对我说："小朵我一生的幸福可在你手上了。"

被他俩当面夸赞，我脸红到脖子根，赶紧躲到茶水间里去倒水喝，谁知道他也端着杯子尾随着进来，问我："这两天累得够呛了吧？"

"您一声令下，想破脑跑细腿都是应该的。"我说。

"好好干。"他说，"你经理刚才说的不是没有可能，环亚一向重用人才。"

我干笑两声。一个刚进入社会的青涩女子，何德何能？

这样被重视，已经受之有愧。

中午的时候趁着办公室没人，我怀着忐忑的心情跟小烨煲电话粥，小烨说："怕什么，这个社会就是靠本事吃饭。"

"我怎么会觉得惊慌？"我说。

"惊慌也是爱情里的美妙感觉啊。"小烨乱扯，"这样的男人是真正会宠女人的，小朵你真是好福气。"

"胡说八道什么呢。"

"一个男人如果不爱一个女人，是不会花这些工夫的。"小烨定论说，"毫无疑问，这家伙爱上你了。"

"神经，"我说，"你过敏。"

"兵来将挡水来土掩吧。更何况周国平这人也不错，虽然他和宁子妈妈分手是因为有美人插足，不过听说最近他们已经很少来往，看样子是和平分手了哦。"

"在哪里听来这么多？"

"Ben那里喽。"

"呀，你和他到什么程度了？"

"火箭速度，昨晚我们一起过夜！"小烨说完，哈哈大笑。

"无耻。"我说。

"趁着年轻享受爱情吧。"小烨说，"你和宋天明异地恋迟早有玩完的一天，到时候周国平就是不错的选择哦。"

"要找我就找Ben。"我学她的口气说，"他的眼睛真迷人，我一看见就晕……"

"是真的嘛。"小烨在那边发嗲，"小朵小朵我真是爱死他啦。"

我挂了她的电话，没空陪她花痴。

她不甘心，又打来，说："年底他带我去撒哈拉，我流浪的梦想终于实现啦！"

"结婚旅行？"

"那还用说？"

原来真的是火箭速度。

在小烨火箭恋爱的同时我也开始了高强度工作，"环亚之夜——动漫激情秀"晚会的录制开始进入倒计时，我写的剧本一次性通过，许多点子也都被采用，电视台的导演当着周国平的面挖角，要我去他们那里工作。

周国平眼睛一瞪说："再说这话广告费全取消。"

我趁势说："周总要留我得加薪。"

我当时真的是开玩笑，没想到他真的给我加了薪。除此之外，我们公关部还拿到一笔额外的奖金，分到我头上数目也挺可观。大家都吵着要我双休日请客，再请打保龄球。

我答应，并特别去邀请周国平。我深知，要是没有他的提携，我纵是再有本领，也不可能这么快做出成绩。

可是他拒绝了我，淡淡地说："你们好好玩，我这把老骨头双休日要休息。"

我不敢强求，出了他的办公室，却有种让自己觉得羞辱的失落。

于是我给宋天明打电话。自从工作以后我就不让宋天明给我打电话而是主动给他打过去，IP卡消耗惊人，所以虽然工资看涨，生活却仍然捉襟见肘。有时候说着说着电话就会嗒的一声轻轻掐断，我盼着宋天明拨回给我，可他总是没有。

我想我到底还是一个有些虚荣心的小女人，尤其是在爱人面前。再能干的女人也会偶尔做一下花老公银子的美梦，厉害得就像著名的章小惠，将丈夫对自己的爱全化成华服消耗殆尽，像把信用额度无限透支，挥霍无度，只能破产告终。

只是宋天明对我，渐渐连一个电话的额度都不再有。

我打过去电话的时候宋天明正那里是早晨九点，我电话打过去就觉得他不对劲。盘问了半天，他犹豫着告诉我，寒假可能不打算回国。

"为什么？"我差点跳起来。

"我是想回去一趟要一千多美元啊小朵，不如省下来派点其他用场。别的不说，留着我们可以打多少电话？而且我这不是正跟你商量嘛……"

他结结巴巴地还没有商量出什么来，我就听见他身边一个女声，说的是英文，透过无限长的光纤我也能听出她声音里阳光明媚。

我问宋天明："她和你说什么呢？"

"她说……她问我今天下午有什么课。"

"宋天明你最好去死！"我终于忍不住新仇旧恨一起爆发，"你可以侮辱我的道德但你不能侮辱我的智商，你以为我的英文那么差，连游泳两个字都听不懂？"

"小朵你听我解释!"他着急,"我和Seliya只是普通朋友……"

他不解释还好,这一解释我更加确信他有问题。

"你寒假不用回来了!"于是我摔电话,"宋天明,你永远也不用回来,因为我不想再看到你!"

关机,再拔掉电话线。

我一向离奇的和超常的想象力提醒我此刻宋天明正和一个身材劲爆的女孩蓝天碧水地嬉戏,那女孩有麦芽色的健康肌肤和加州阳光一样暖洋洋的笑容,我想他们很快乐。

这是宋天明第一次带给我受伤的感觉,我没有想到,会是那么痛。

我换上我心爱的淑女屋的长裙,扎好我的麻花小辫,准备到小烨那里去放松放松。我的裙子是我二十岁生日时打工三个月给自己买下的礼物,宋天明曾在那蓝色的裙摆下彻底地臣服,无数次他的眼睛暖暖地看着我,手温热地绕过来,然后喃喃地说:"小朵呵小朵,你迷得我晕头转向啊。"

他的迷恋,原来真像一阵风,季节一变,就吹过了。

我给自己抹上暗红色的口红,唇变得厚嘟嘟的,眉则描得更细一些,有一点点腮红也不错,再扑上一点亮亮的粉,带着一个鲜活起来的自己,我走进了"旧"。

我有些招摇地进去,门推得哗啦一声响。里面灯光灰暗,人影摇动。小烨很快发现了我,迎上来说:"哇,今天应该在门口为你立个牌子!"

"什么牌子?"我疑惑。

"内有天仙,凡夫俗子不得入内啊。"她笑得什么似的,问我,"这么漂亮穿给谁看呢?"

"自己看。"我在吧台旁坐下说,"我要喝酒。"

"因为宋天明?"小烨说,"你有点出息行不?"

"少废话!拿酒来。"

小烨叹气。给我要了啤酒,加冰的那种。看冰块在金黄色的液体里浮游,亮晶晶的,多像我少女时代的眼睛。我把最初的等待给了宋天明,青春却渐渐老成褪色的圣诞卡片。我灰心地想,就算将来还能爱上别人,这样等待的心情也永远不会重来,对爱情无条件不计后果的信任和付出,在人的一生中,只可能有一次。

我仰起头来,一口气喝下去一大口酒,有些咸咸的,像眼泪。于是又喝一口,小烨想来拉我,我把她一推说:"是朋友你就别来烦我!"

"罢了罢了,今天就让你疯会儿。"小烨说,"乐队的主唱棒极了,我去让她给你唱首歌治治你的伤。"

小烨真能耐,不知道从哪里请来这样的乐队,那女孩短发,一脸冷漠的表情,声音却犹如天籁,她开始唱一首叫*Hey Jude*的英文歌,那是小烨和我在大学时代最喜欢的一首英文歌,我记得孙燕姿在她的自选集里也唱过。在我们招招摇摇的学生时光,我和小烨曾经一人耳朵里塞一个diskman（随身听）的耳塞，手挽着手唱着歌肆无忌惮地穿过师大开满鲜花的校园和洒满银色月光的小路，特别是到了最后副歌"NANANA"的部分，我们更是旁若无人，步伐犹如舞蹈般轻盈和夸张。

回想那时，爱情真是一件美丽的花衣裳。随我们的心情，想穿就穿，不想穿就挂起来晒太阳。

人，真是越活越回去了。

Hey Jude， don't make it bad

Take a sad song and make it better

Remember to let her under your skin

Then you'll begin to make it

Better better better better better better, oh

……

多么好听的歌，我忍不住轻轻地跟着哼起来。

小烨走过来问我："想起了什么？"

"从前的傻样。"我说。

"爱情要来就来要走就走，小朵你要看开些。"

"是。"我说。

"一个宋天明离开了，还有无数个宋天明冲过来献媚。"

"少给我提宋天明！"

"好好好，不提不提，你以前在校乐队不是还做过主唱吗，怎么样，要不要上去唱一首？"小烨提议。

"不怕吓走你的客人？"

"挑首歌唱唱，我对你有信心。"她怂恿我。

于是我就去了。不知道是不是喝了点酒的缘故，我的嗓音让我自己听起来也有些陌生，还有一些久违的伤感，我坐在那里默默地唱完了一首老歌，那首歌的名字叫做《告别》：

我醉了　我的爱人

在这灯火辉煌的夜里

多想啊　就这样沉沉地睡去

泪流到梦里　醒了不再想起

在曾经同向的航行后

你的归你　我的归我

请听我说请靠着我

请不要畏惧此刻的沉默再看一眼

一眼就要老了

再笑一笑　一笑就要走了

在曾经同向的航行后　嗯（啦）

（各自曲折）各自寂寞

原来的归原来　往后的归往后

唱到一半，小烨让人到台上来送花给我，一大束新鲜美丽的玫瑰。我把脸埋到玫瑰里，硬生生地把眼泪逼了回去。

走过苍翠和黯淡并存的青春，在曾经同向的航行后，我们终于挥手告别。

一曲歌罢，有很多人为我鼓掌。

我捧着花下台来，Ben对小烨说："你应该请小朵到我们这里驻唱。"

"那要问送花的人同意不同意。"小烨一面说一面朝我眨眨眼，指指角落里的一个座位对我说，"绕过去看看，那里有人在等你。"

我去了。

是周国平，阴魂不散的周国平。

"坐啊。"他对我说。

我在他身边坐下。第一次离他那么近，也是第一次发现他不老，长得还挺好看，像电影里的那种男主角。我有些恍恍惚惚，他拿着酒杯，有修长的手指，暧昧的笑容，比宋天明好看多了。我把花放到桌上，不由自主地冲着他笑了。

"歌唱得真好。"他夸我。

"谢谢！来，让我们一醉方休？"我端起他的酒杯。

"不会喝就不要硬撑。"他说，"我建议你来杯西瓜汁。"

"那我自己喝去！"我站起身来。

"等等！"他迅速地握住我的手说，"要是你真想喝，我陪你。"

除了宋天明，我第一次和别的男子这么近距离的接触，他的手捏着我的手腕，力道正好，呼吸就在我的耳边。心里恨恨地想着宋天明的薄情，我坐下来，轻轻地歪到他怀里，不顾危险地说："好。"

"周末怎么不跟男朋友出去玩？"他问我。

"他在陪别的女人游泳呢。"

"呵呵，你不也在陪别的男人喝酒。你们扯平。"他要了XO，给我倒了一小杯。

"可是他们也许在拥抱。"

"你要是愿意，我也可以抱抱你，这样你们依旧扯平。"他说。

我端起酒来一边喝一边在心里鄙夷地想男人真是无耻啊，真是无耻到了极点。他看着我，我也不顾危险地看着他，期待品尝放纵的滋味，管它甜蜜心酸还是自责！可是我等了很久很久他也没有下一步的动作，于是我强做无所谓地说："周总你是不是喜欢上我了？"

"是。"他说。说完，他轻轻地将我揽了过去，他的拥抱和宋天明的是完全不同的。宋天明喜欢紧紧而疯狂地拥抱我，而他却是那么温柔和细腻，让我不屑却又无法抗拒。我就在这种游戏的快乐和痛苦里挣扎，像一条无水的鱼，心没根没基地痛着。

"怕吗？"他问我。

"怕什么？"

"被我碰碎啊。"

"碰吧，"我说，"碎过无数次，无所谓了。"

"吹牛，"他说，"我赌你是第一次，第一次被男朋友伤了心，对不对？"

我被他说中，趴到他的肩上哭起来。他拍着我的背说："哭吧哭吧，想哭就哭个够！"

台上的女歌手换了首幽怨的歌：我这也不对，那也不对，什么时候你说过我完美……

我听得笑出来，对周国平说："女人最丑陋的时候，就是像个怨妇。"

他笑着说："不管你什么样，都很可爱。"

"周国平你到底多大了？"

"三十九。"

"中年男子勾引未成年少女，糟糕啦——"我拖长了声音。

他刮一下我的鼻子，只说了两个字："调皮。"

我在他的声音里听到疼爱，沉溺于他的怀抱不想自拔，直到他对我说："明天醒来，你会发现一切和从前一样，和男朋友吵架的事烟消云散，你们还是相亲相爱地过日子。"

"周国平，"我说，"你真是老奸巨猾呀。"

"对付你用不着老奸巨猾。"他胸有成竹地说。

我哈哈地笑了，然后用力拧拧自己的胳膊，疑心这是一场梦，我捏得太用劲了，以至于疼得尖声叫起来。他又笑，手伸过来说："你看上去困了，走吧，我送你回家。"

小烨追出来，看着我上了他的车。

我们一路没说话，各自谨慎地守着自己的心事，直到车子在我家附近停了下来。我看着他，他看着我，然后他说："慢走。"

"好。"我说，但是我没有动。

"好啦，"他下车来替我拉开车门说，"今天是周末，你好好休息一下。"

"哦，不行。"我忽然想起来，"今天我们和电视台的活动没完，我要去加班。"

"不用去了，我放你一天假。"他说。

哦，他是我的老板。

我下了车，拎着我的包，把头低下来，看着我的脚尖，不说话。

他拍拍我的肩，上了车，走掉了。

（8）

我遵照周国平的指示，乖乖在家休息。折腾了一晚上，很快就睡着。

我做了一个很奇怪的梦，梦很长，我坐在周国平的车上，那车越过高山和田野，带着我们一直一直开到海洋的深处，海水幽蓝幽蓝的温暖地淹没了我们的车子，包围了我的全身，他握着我的手，我像是轻轻地飞了起来，却没有一丁点儿的恐惧……

然后我醒了，我很快发现自己在生病，浑身无力，额头滚烫。情急之下我拨通了小烨的电话，她和Ben火速赶来把我送进了医院。

真是病来如山倒，越老越不中用。碰巧来挂水的护士是个新手，针管老半天戳不进去还怨我的血管太细，疼得我差点没坐起来抽她。好不容易才弄停当，小烨吩咐Ben："我在这里看着她，你去买点吃的用的，顺便把住院手续办了。"

Ben二话没说，得令而去。

我觉得滑稽，有气无力地问小烨："什么时候你变成他领导了？"

"当他爱上我的时候啊。"小烨得意地笑，附到我耳边问道，"喂，你这没出息的，不会是被他吓病的吧？"

"谁？"

"别装迷糊！"小烨说，"昨晚那个。"

"说什么呢？"我说，"人家可是正人君子来着。"

"我知道我知道，不然我会那么放心地把你交给他吗？"小烨神秘地说，"Ben说了，周国平是绝对的正人君子，不过也是绝对的爱情高手哦。你要小心啦。"

这个话题我实在是不喜欢，于是我把眼睛闭起来。

小烨挑衅不成，用手机碰碰我的脸："打给谁？你自己说。"

"谁也不打，"我说，"我就要你陪我。"

"宝贝，我晚上得上班。"

"那我一个人。"

"都病成这样了还赌气！"小烨说，"我是说你不用打电话到公司请个假吗？"

"今天是周末。"我提醒她。

她一拍床边说："瞧我，干这行都没什么周末不周末的概念了。"小烨说完跑到外面去打电话，没过一会儿和Ben一起拎着一大包东西进来。我一看，那个叫Ben的还挺细心的，吃的用的应有尽有，只可惜我连说谢谢的力气都没有了。

等他一走我就对小烨说："你好像没看走眼哦。"

"开玩笑！"小烨说，"我千年等一回就为了等他。"小烨的幸福像太阳一样光芒四射，她从来就不是一个复杂的女孩，她对幸福的理解夸张而直接，她就是这样，看准目标，百折不回。

大大咧咧的小烨，没心没肺的小烨，我忽然无比羡慕她。

小烨走了以后我重新陷入昏睡，醒来的时候有种强烈的恍惚感。手机响，我接起来，原本以为会是叶小烨咋咋呼呼的问候，听到的却是宁子的哭腔。

"陈老师我现在在你家门外面……"她问，"你在哪里？"

宁子半小时以后来了，上来就往我针眼累累的胳膊上扑，疼得我龇牙咧嘴。

"陈老师我该怎么办？"她哭，"我妈妈在和别人约会！"

哦，天呐，这个小孩。"爸爸有新的女朋友你不是接受得很好？"

"那不一样。"她哽咽，"爸爸不会和新女朋友结婚，他们现在已经分手了，但是妈妈会嫁给这个男的。陈老师，你不知道，只要妈妈肯离婚他们一定就会离的，我爸爸妈妈就永远都不可能和好了！"

"你怎么知道？"老天原谅我卑劣的好奇心。

"他们爱得一塌糊涂，"宁子的眼泪又掉下来，"况且我听见他们说什么撒哈拉的结婚旅行。"

那一刻我终于明白这个早熟的小孩，平日里对自己的父母冷嘲热讽，不过是下意识地遮掩失去他们的巨大恐惧。我心疼地搂过她。我想起宁子妈妈波斯猫般的笑容，这个美丽的女人，孩子永远不能成为她生活的全部，她若不能享受爱情，简直是暴殄天物。

"如果他们中间有一个再结婚我宁愿死。"宁子在我怀里哼哼，"到时候陈老师你一定要支持我。"

"小孩子家怎么说话的？"我生气，推开她，"我怎么支持你？给你助威，推你跳楼，还是干脆拿把刀帮你抹脖子？"

宁子擦干眼泪不知所措地看我。

我叹口气，正经地说："宁子，天要下雨，娘要嫁人，大人们有他们自己的生活，他们也要追求幸福的，你慢慢就会明白。"

宁子却跳起来："我不明白！他们是我的爸爸妈妈，他们最大的幸福就是让我幸福！"

如果不是护士过来给我换药水，顺带把她轰走，我可能整个晚上都不得安宁。

我困倦地闭上眼，但是，慢着，撒哈拉的结婚旅行？

我捕风捉影地想起Ben。

打电话给小烨，她兴奋地告诉我她的行程安排，说是正在网上查那边天气怎么样，又问我到底想要什么样的礼物。

我跟她乱扯了一气，祝她一路顺风，终究没忍心嚼舌根。

接下来的日子里我自顾不暇，主要原因就是，我的病好得太快，第三天就重新生龙活虎，只能回去环亚上班。

上班就必然看见周国平。

不管我怎么躲他，第二天我们还是在电梯里狭路相逢。更可恨的是电梯里就只有我们两个人，周国平胳膊抱在胸前，饶有深意地打量我。

我慌得四肢麻木，口干舌燥，刚刚开口说了声："周总……"电梯却已经打开，周国平微笑着给我让门，表现得绅士无比。

他果然是正人君子又如此老奸巨猾，看上去胸怀坦荡又好像每个举动都蕴含深意，他从容不迫的样子，越发显得好像我心里有鬼。

我唯有寄情于工作，连我自己都想不到，短短几个月，自由散漫的陈朵居然就成功蜕变成一个工作狂，工作起来可以不吃不睡，加班加得滋味无穷。我苦笑，时间改变一个人，比想象中还要简单迅速，你以为自己是坚不可摧的堡垒，却可以在一分钟内，彻底沦陷。

那些天我都没再给宋天明打电话，他打了好些次，我都掐断不接，渐渐他也就不再坚持打来。时间就像橡皮擦，慢慢将我们脑海里的对方抹去。

现实的世界中总是充满诱惑，我心里明白，是我对不起宋天明。

寒假不回家，和女生游泳，这都不是问题的关键。真正的原因，是我的软弱。这段看不见摸不着的恋情带给我太多辛苦和压力，是我找到了最顺手的理由，然后名正言顺地将它放弃。

圣诞节的前两天，我正在办公室忙得焦头烂额，周国平来了，对我说："圣诞节的晚会我不能去参加啦，安排罗副总去讲话，我跟他说过了。"

"哦。"我说。

"对不起。"他说。

我笑，哪有老总跟员工说对不起的。这个人，我好像永远也弄不明白。只是他最近不再像我刚进公司时那样开朗，经常紧蹙着眉好像有很重的心事。

我看着他的背影离开我视线，慌乱地咬住嘴唇。

我不敢承认我其实心疼他。真的不敢。

"环亚之夜——动漫激情秀"如期举行，电视台组织了几百号动漫迷们穿着各式的服装来参加了我们的活动。

快开场的时候却出了意外，我们压轴戏的女主角跟男主角不知为什么事情吵起来，然后就开始耍大牌，死活也不肯再演。我做了半天思想工作也没用，眼看着演出就要开始，电视台的导演急得直跺脚，没办法了，求她姑奶奶不如求自己，我只好一狠心一咬牙一跺脚说："我上！"

还好台词是我写的，服装是现成的，我也看过他们的彩排，应该问题不大。在后台匆匆练了一下就赶鸭子上架了。我的演出还算不赖，记不起台词的地方我就瞎编，台上台下笑成一团，反而起到了意想不到的效果。终于到了最后一个场景，按剧本来，应该是男主角对着女主角说："你愿意嫁给我吗？"然后我说我愿意，然后我们拥抱kiss。

男主角问我："你愿意嫁给我吗？"

"我愿意"三个字还没有出来呢，忽然有人戴着面具冲到台上来，抢过我手里的话筒，面对着我单膝下跪，喊出一句让全场皆惊的话来："小朵，嫁给我吧！"

紧接着，他丢掉话筒，掏出一个红色的盒子，当着众人的面递到了我面前，再次深情款款地对我说："小朵，嫁给我吧。"

我的妈呀，是宋天明。他什么时候回来的？

半路杀出个程咬金，台下观众齐声替他高喊："答应！答应！

答应！"

我简直窘得手脚都不知道往哪里放才好。

"答应，答应，答应！"全场还在高喊。电视台的摄像机就这样直直地对着我们，我只好一只手接过盒子，宋天明起身抱住了我。男主角好可怜地站在一边做了陪衬。

晚会就这样落幕了。

宋天明的求婚无疑成了整场晚会的最高潮。化妆间里，电视台的导演兴奋对我说："绝对不剪，等新年的时候正式播出，你就等着看吧，肯定轰动！"

宋天明在一旁傻傻地看着我。

我忽然非常生气，没有理由，就是觉得很生气。我气得浑身发抖说不出话，把换下的演出服狠狠往地上一扔，转身就走。

宋天明追过来，他拉我的手，被我甩掉。他再拉，我再甩。

他放弃，站在隔我一只手臂的距离，凄然说："小朵，你真的不爱我了？"

"你不是永远都不回来了吗？"我冷冷回答。

"谁说我不回来？"宋天明忽然上前一步拥我入怀，我使劲挣扎，他却霸道地将我越搂越紧。

"小朵，"他在我耳边说，"我怎么会舍得你？你是我这辈子最爱的好姑娘，这段时间你不知道我有多痛苦，没有你我简直活不下去！"

说完他把脸埋在我的颈窝，一滴温热的东西打湿我的皮肤。

他哭了。宋天明哭了。

宋天明的眼泪实实在在地唤起了所有美好的过去，过去和现在乱纷纷地交战，我的心像被融化被揉碎，疼得不可开交。

我反手抱住了宋天明，像受了天大委屈似的，号啕大哭。

那夜我和宋天明待在一起，我们已经有很久不在一起了，好像都有些不习惯彼此了。他搂着我说："小朵，怎么感觉你和过去不太一样？"

"什么？"我装傻。

他叹息。

我推开他。

他在我后面轻声问："你是不是爱上了别的人？"

我拒绝回答这个愚蠢的其实本来是我应该要问的问题。

没想到他却继续说："我要请求你原谅，我和别的女人，有过一阵子。我不想瞒你，我觉得我一定要告诉你，那时候刚到国外，我真的很寂寞……"

"没关系。"我转身微笑着面对他，"这些我都知道。"

"那就好。"他说，"过了这么久，我始终觉得，还是你最好。"

我拥抱他。他又叹息，那叹息让我心碎。

第二天去上班，正好办公室要整理，经理指挥着我们做勤杂工，一大堆暂时用不着的东西要搬到楼上的储存室。我终于看到他，他穿着黑色的大衣刚从电梯里出来，对着手里抱了一大堆资料的我说道："来，我替你拿点。"

好像很久没有看到他了。

我很快收起笑容，把手里的东西费力地往后一抱说："不用麻烦周总了，我行的。"说完，我就转身上了一旁的楼梯。

我忽然有点想哭，我也不知道自己是怎么回事，只好全心全意趴在电脑前写新的策划，抬起头来的时候才发现天色已晚，而且不知什么时候，天空飘起了雪。

这是今年冬天的第一场雪。

办公桌上的电话响，我还以为是宋天明催我下班，没想到接起来竟是周国平，问我："晚上有空吗？"

我说："没空，和男朋友约了吃火锅。"

他用命令的口气说："推掉，我有公事吩咐你。"

"对不起。"我说，"今天已经下班了，你以后有事请早点通知我。"

"呵呵，胆子不小。"他说。

我循声望去，发现他拿着手机站在我办公室的门口。

我一语不发地挂了电话，关掉电脑，收拾好我的包准备往外走。可是他就站在门口，挡住了我的去路。

"周总，"我说，"我约了男朋友，要迟到了。"

"昨天当众求婚的那个？"他笑。

敢情全世界都知道。

我本能地反击说："周总不是也有女朋友要陪？"

"你吃醋了？"他弯下腰来胸有成竹地看着我的眼睛。我恨死他那样的眼神，于是推开他往外跑，他却一把抓住了我的手腕："我说过你可以走吗？"

我咬着下唇，拼命忍住就要决堤而下的泪水。

他却放开了我，说："好啦好啦，今晚再带你去山顶的那家西餐厅，等我去开车，我在车里等你？"

我没做声。

他轻笑一声，转身先行一步走掉了。

我站在楼道里挣扎了两分钟，然后，我从大楼的后门离开。

天真冷，我浑身打着哆嗦进了火锅店，宋天明已经坐在店里等我，看我过去，他居然显得有些紧张。

"小朵，我想和你说件事。"

"什么事？"

"小朵，"他有些艰难地开口，"这次回来，我只能待几天。"

"没事，回来就好。"我心里有些不快，但还是大度地说，"反正再等一年半你就彻底回来了嘛，我可以等的。"

"小朵，"他看着我，"你不明白。"

"什么？"

宋天明看着桌布，"我可能……不会再回来。"

什么？

宋天明说："小朵，你也知道我是学基础学科的，在国内的研究环境和就业机会都不如外面，所以，我想……"

"你说过你要回来的！"我打断他。

"是的，我说过。"宋天明看着我，"可是……"

"宋天明你这个大骗子！"我失控地喊，"你这次回国都是设计好的对不对？你就是想骗我和你一起出去对不对？"

"陈朵你这是什么话！"宋天明也急了，"什么叫骗你？难道我们不是说好在一起吗？"

"我们是说好在一起，在这里！"我发疯似的大叫，拿起包冲出店门，冲进满天的大雪里。

天呐，我这是怎么了。我知道自己好没道理，可我不知道我是怎么了。

宋天明追出来，一把抓住我："小朵你冷静一点！"

"你放手！"我用力甩开他。

宋天明真的放了，这一次。

雪下得很大，打在他的衣服眉毛眼睛鼻子上，我们隔着半米的距离，我清楚地听到他粗重的喘息。就这样僵持了一小会儿，我听见他用非常难过的语气说："小朵，你怎么变成这个样子？"

对啊，我已经变了，但是变的岂止我一个。改变我们的是一整个世界，曾经的守候和诺言都可以不算数，我们的爱情还要来干什么呢，干什么呢！

"你真的是爱上了别人吗？你是不敢承认吗？"我听见宋天明故作镇定地问。

"就算是吧。"我说，同时被自己的回答吓了一跳。

我赶紧拦下一辆出租车跳上去，这样的场面，让我接近崩溃。后视镜里宋天明的身影越来越小。我狠狠心，让司机把车开到山顶的西餐厅。

司机说："现在上去还行，可是这雪要是再这么下下去，你怕是下不来了呀。"

"给你双倍的钱。"我说。

"呵呵。"司机笑，"一定是赶着去约会吧，这天去那里也挺浪漫的。"

车子一直把我送到餐厅的门口，我下了车，却没有勇气进去了，直觉告诉我周国平一定在这里，可是我不敢保证是不是还有别的人。

我在餐厅外徘徊了五分钟，门童起码给我开了三次门，不停地对我说："小姐外面很冷，等人进来等吧。"

"不用了。"我说。

宋天明打来电话，我硬起心肠，按掉。

他发来短信息："小朵，我们的那些过去，你真的全都不要了吗？"

我悲从中来，怎么也忍不住汹涌而下的泪水。终于哭着拨通了周国平的电话，他很快接了，问我在哪里。

"山顶。"我抽泣着说，"我来山顶了。"

"你在餐厅等我。"周国平说，"我马上赶到。"

原来他不在这里。

我进了餐厅。侍应把我领到窗边的位置，给我倒了一杯热茶。我从窗外望去，整个城市都已经被雪淹没了。灯光穿透雪花，如烟花静静而绝美地绽放。

有人在唱：你知不知道想念一个人的滋味，就像喝了一杯冰冷的水，然后用很长很长时间，一滴一滴变成热泪？

这鬼天气，餐厅里人少得可怜。不知道过了多长时间我才忽然想起来，这么大的雪天，他该怎么开车上来？我慌里慌张地打他的电话，可是他却一直不接。打了十次也没人接的时候我奔出了餐厅。漫天的雪，一辆出租车也没了，我只好沿着山路一直一直地往下走，我的脑子里出现无数的坏念头，吓得腿软，每一步都重若千斤。

走了许久，前面也没看到一辆车，身后却有车追了过来，不知道是不是嫌我挡了路，不停地按着喇叭。我停下脚步往回看，却惊讶地发现是他的车。车停了，他下来，把我一把拖进了车里，一面拖一面说："我一去他们就说你走了。你这任性的丫头，到底想做什么！"

"我没看见你。"我说。

"你走的时候我刚到，在车库停车。"

"你不接电话。"我说。

"走得急，忘了带。"

"我怕你出事。"我说。

"不是没事吗？"他搂住我，俯下身来，吻住了我冰凉而颤抖的唇。

上帝啊，就让我去死吧，就让我去死吧！

就这样幸福地死掉吧。

（9）

宋天明离开的那天，我没有去机场。他给我发短信息："小朵，我知道，你是一时接受不了我们之间的改变，但我会给你时间考虑，无论多久。"

然后他不再给我打电话，改成写信。信写得很频繁，我每次打开邮箱，总能看到新的未读邮件。信有些写得长，有些很短，有时候只有寥寥数字：小朵，我想念你。

那些信我每看一封都要哭上很久，到最后，我换了一个邮箱。

就让过去的归过去，往后的归往后吧。年轻岁月里的真挚誓言，只能在空虚的网络深处沉默，静静地死去。

是我变了心。

但是对周国平，我实在无力抗拒。我从没想到过自己会爱上这样一个男人，但一旦爱上了，我就没有办法回头。

小烨和阿Ben决定五一结婚，我陪小烨去看他们的新房，是别墅，有待装修。小烨去撒哈拉的行李已经全部备好，夸张得像要搬一次家似的，我忍不住骂她："这就是你的流浪理想？"

她恬不知耻："女人有了家都是会堕落的，什么理想，都是放屁。"她扬声大笑后，继续大放厥词，"现在，我的人生理想就是生三个孩子，将来看他们绕着这个院子跑。"

我说："生那么多你会变成黄脸婆，当心阿Ben不要你！"

"他敢！"小烨自信满满地说，"像我这样貌美如花能文能武的媳妇儿他上哪找去，再说了，我还有好多嫁妆呐。"

可爱的小烨，她看事情的方式永远是那么简单实用，所以她幸福。我想起曾经对阿Ben的疑虑，暗笑自己神经过敏。

小烨问我："你和周国平怎么样了？"

"不知道。"我说，"他最近挺忙的，我们见面机会不多。"

"那倒也是。"小烨出人意料地通情达理，"听说他公司最近有些问题……"

公司有问题？我一无所知。周国平从来都不和我提他工作的事。

不过小烨这么一说我倒也有感觉，最近周国平去公司明显比以前频繁，有时候在办公室里一待就是很久，出来的时候脸色凝重，对下属也时有苛责，不像过去的他。

我担心起来。

"咦，你想那么多干吗？"小烨看出了我的心思，大力给我一拳，"趁早叫他娶了你才是正经！"

我窘得面颊发红，扑上去和她对打，我们嬉笑着闹成一团，享受着越来越稀少的无忧无虑的光阴。

我当然不会逼周国平娶我。

我们只是在人很少的地方约会，有时对坐着喝一杯咖啡一点红酒。他是个懂得享受宁静的人，不会给我任何的压力，也给我足够的自由。

不过他请了专业的设计师来替我做衣服。我从来没享受过这种待遇，被别人上下左右地量来量去，手脚简直都不知道该往哪里放。设计师对我说："陈小姐，你很幸运，会有无数的女人羡慕你。"

五天后衣服送到我家，一共七套。那个设计师真有两下子，我一一拆开来，每一件都带有一种不张扬却逼人的美。

我呆看着，穿惯牛仔裤的我连试穿都不舍得。

他的电话来了，问我："喜欢不喜欢？"

"太奢侈。"我说，"陈朵掉进童话里，正在漫游仙境。"

"你的玫瑰胸针可以派上用场了。"他提醒我。

我无语。

他又问："怎么了？在想什么？"

"我在想也许我该辞职。"我很老实地说。

"可以。"他说，"我正想跟你安排新工作。"

"什么工作？"

"做周国平的夫人。"

"这算是求婚吗？"我笑。

"对。"他说。

我嘿嘿笑："你就不怕犯重婚罪？"

他一下子沉默。

"小朵，"最后他说，"相信我，我会处理好这件事。"

"你……有把握？"我没信心地问。想起宁子妈妈的神采，我就真心觉得，男人要放弃她，真是很困难的事。

"放心。"他说，"这件事拖了这么久，无非是因为一些股份。为了你，我会满足她。"

我心下稍安。但我不习惯他越来越频繁地邀我去他家，美其名曰"让宁子适应有我的生活"。

"你不是也很喜欢宁子吗？"他说，"我们三个人在一起会很开心的。"

可我不开心。

上次出走未遂之后的宁子好像变成一个乖乖女，每次去见她都趴在桌前老老实实做功课，周国平说她的成绩在班上已经达到中游，说的时候眉开眼笑，好像宁子是一个天才少女，男人爱起孩子的时候，真是没救的。

可是我能明显感觉到，宁子对我不同往日。一天吃晚饭的时候周国平被一个生意上的急电叫走，他走以后宁子就一声不吭地看着我，看得我浑身不自在。

"陈老师，"她说，"我还真没想到。"

原来隐瞒是没有用的。聪明的宁子，她全部都知道。

宁子说："你是不是一开始就计划好的？你以为他很有钱？我告诉你哦，刚开始投资公司的钱大部分是我妈妈出的，离婚之后，他就会从本市的富豪榜上消失哦。"

我说不出话。

她看着我："你要怎么样才肯离开他？"

"我不会离开。"我说，"宁子你迟早会明白，人人都有幸福的权利，你就算不理解，也只能接受。"

"是吗？"宁子说。那一刻她的神态不像十五岁的少女，"那我至少有权利，请你现在从我家出去。"

我不和她争，顺从地出门，在楼下拦了出租车。早春的夜晚仍然凉得透骨，我大力摇下车窗，心里却还是像压了一块大石，透不过气。

果然车子才开到一半周国平的电话就追来；"小朵你到底对宁子说了些什么？"

"我……没说什么……"听出他声音里的焦急，我有点语无伦次。

"你回来一趟！"他命令我，口气专横，"宁子出事了！"

我赶到的时候，宁子站在高高的楼顶上，大风吹起她的头发，她整个人像颗星星一样摇摇欲坠。

"小朵你来了！"周国平握住我的手，一个大男人，像个孩子似的无助。

我拉着他往楼顶冲，才冲到一半，宁子已经爬上栏杆，半个身子探在空中，好像马上就会折断。

"你们不要过来！"她大声喊，声嘶力竭，"再过来我就松手！"

"宁子！"我才叫了一声，她就真的松开一只手，小小的身体好像要飞起来。

我吓得再不敢言语。

"宁子，"周国平慌不择言，"你有什么要求，跟爸爸说，爸爸什么都听你的，你快下来，快点！"

"什么都答应？"宁子问。

"什么都答应。"周国平斩钉截铁地回答。他一直握着我的手，可是当他的回答出口，我却感到一阵没来由的恐慌。

"那你永远不要跟妈妈离婚！"宁子喊。她的眼睛在黑暗里灼灼发亮，闪着不可理喻的爱和恨。

周国平松开我的手。我祈求地看着他，他的眼里写满无奈，可是他大声向黑漆漆的天空里喊："好，爸爸答应你！"

那天我不知道自己是怎样离开周家的，只记得最后的情景是宁子从楼顶上下来，身上披着周国平的大衣。

他们父女俩互相搀扶着走下楼梯，没有对我说一句话。我在黑洞洞的楼梯拐角上呆呆地等着，等周国平把宁子安顿好，等他折回身来安慰我，或者送我回家。

但是他没有来。

无边无际的黑暗里我终于绝望地承认，在这父女俩的世界里，我始终是一个局外人。

我自己打了辆出租车回家，在车上浑身发抖。

司机同情地看了我一眼，打开广播，交通台叽叽喳喳的主持人在用忽高忽低的调调播新闻："市区接连发生大小五起车祸，最严重的一起是一女士凌晨五点酒后驾车，由于车速过快，在下二环立交桥时，撞上超车道隔离护栏……"

"不要命哦。"司机摇着头换了台，这回换成了文艺台，一个男声正在声嘶力竭地唱："我怎么样才能登上你的爱情诺曼底……"

司机很激动地说："这歌好听！"

一夜之间，我的爱情诺曼底已彻底沦陷。

就在这时，手机响了，我接起来，是一个我觉得有些陌生的男声，问我是不是陈朵。

我定定神说："是。"

"我是阿Ben，能来一下医院吗？小烨现在需要你。"

"小烨？"我说，"怎么了？"

"来了再说吧，拜托快点。"阿Ben说完就挂了电话。

我的心一阵乱跳，看了来电显示再打过去，他却怎么也不肯接。二十分钟后，我从出租车上冲下来，一直冲到急诊室的门口。我看到阿Ben，他看上去很憔悴也很慌乱，平日里的绅士风度全然不见，我把他一抓说："你快告诉我，小烨她到底怎么了？"

"她开车，出了车祸……"

交通台的新闻在我脑子里如电般闪过，我尖叫："小烨她根本就不会开车！"

"我教过她几次。"阿Ben说，"我没想到她会拿了我的钥匙把车开走。车子在下二环立交桥的时候，撞上了超车道的隔离护栏，在绿化带上冲出去十几米！"

"她人怎么样了？"我声音颤抖地问。

"不知道，"阿Ben指着急诊室里面，声音一样颤抖地说，"不知道。"

我虚虚晃晃地差点站不住，从牙缝里挤出一句话："她为什么开走你的车？"

阿Ben的脸苍白得像一张纸，他显然不知道该怎么回答我的问题，颓然地靠在医院外面的白墙上。

哦，我的上帝。

我相亲相爱的小烨，你可千万不能有事。

时间一分一秒地过去，任你心急如焚，急诊室也是一点动静也没有，我逼问阿Ben："你跟我说实话，到底怎么回事？"

"她撞见我和别的女人约会。"阿Ben说。

老天。

"没办法的。"阿Ben说出一句让我绝望的话，"如果你遇到你喜欢的人，是没有办法逃得掉的。我本来一直想躲的，我本来也不想伤害小烨，我也准备结婚了，我们下个礼拜就要去沙漠旅行，可是差了这么一点，还是没有走成……"

我如同跌进冰窖。

我当然知道他说的那个人是谁，我们还没有像她一样修炼成精，所以，小烨输给她也是必然。

不知道过了多久，护士终于出来了，她问我们："谁是叶小烨的亲属？"

我和阿Ben一起冲上去，她用冷冰冰的声音宣布说："还算幸运，命保住了。四处骨折，需要休息较长时间。"

阿Ben当场跌坐在地。

不知道又过了多久，小烨终于被送进了病房，护士出来说："谁是小朵，病人要见她。"又特别说，"她说除了小朵谁也不见。"

我进去了，小烨闭着眼睛，还好，她美丽的面孔依然那么美丽，只是有些苍白。我伸出手去抚摸她，有晶莹的东西从她的眼角滑落，我替她擦去，她把手伸上来握住了我的，轻声说："小朵，我好疼。"

"亲爱的，忍一忍，忍一忍就过去了。"我的眼泪拼命地往下掉。

她又说："小朵，他抛弃我，他为一个老女人抛弃我。"

我拍拍她："别说了，等好了再说也不迟。"

她低声说："我真没脸见你。"

说完，她又昏了过去。

我放声尖叫，叫得护士和阿Ben一起奔了进来，护士很生气地把我们往外一推说："叫什么叫，只是药物反应，都出去都出去，病人需要休息。"

我已近虚脱。

周国平差人送花来，一大束一大束的香水百合，装点得病房好像结婚礼堂。可是他人不再来，不管是心中有愧还是他已经决意淡出我的世界。

我捏着小烨的手说："亲爱的，失败的不是你一人，你看，还有我陪你呢，对不对？"

小烨不说话。

很多天了，她一直不说一句话。

医生说，她失语了。

我叽叽喳喳的小烨，她失语了。

阿Ben负担医院所有的费用，请了两个人轮流侍候小烨，人却一直没再来过。我找不到他人只好去找宁子的妈妈，希望她可以成全小烨。

"谁是小烨？"她一脸茫然。

"阿Ben的未婚妻。"我说。

她轻呼一声，看样子是终于明白，接下来又一个抚后颈的招牌动作，我暗想我若是男人，怕也会被她迷得七荤八素。

"对不起小朵。"她给我让我绝望的答案，"这个世界什么都可以转让，唯独爱情不可以。"

"你很爱阿Ben吗？"我问她。

"现在，是爱的。"她说。

"你会嫁给他？"

她露出诧异的神色。

"当然不会！"她说，"你到了我这个年纪就会明白，婚姻不过是一种最无益的形式，跟幸福没有丝毫关联。握住现在的快乐才是真谛。"

她别有深意地看着我，轻轻一笑，真是百媚横生。我知道我的幸福，小烨的幸福，都被这个女人轻轻握在掌心，她只需眉头轻蹙，我们就万劫不复。

可是奇怪的是，我对她，一点恨也没有。

（10）

好几个晚上，我失眠，终于重新打开老邮箱查看宋天明的信件。没有得到回复的他一直一直地还在写，最后的一封日期是昨天。

"亲爱的小朵，"我好像听见宋天明温柔的声音，"很久没有你的消息，可是我一直想念你。我想念你在阳光下肆无忌惮的笑，想念你对我发的脾气。你最近好吗？是不是又瘦了？很奇怪，每次想到你，我总觉得你离我很近很近，近到伸手就可以触摸到你的呼吸。

"小朵，最近我在找工作。经济不是很景气，机会不多，可是我不会放弃任何一个机会，为了我们将来的幸福。面试经常在别的城市，我没钱坐飞机，就只能乘坐晚间的灰狗大巴，穿越这个广阔而陌生的美国。有时候半夜醒来看着头顶的小灯，会有片刻的恍惚，害怕这旅程永远没有终点。每到这时候我就想你，只要想到你，就觉得很安心，因为我知道不管旅途有多长，小朵，你是我的最后一站。只是，你真的别让我等太久，我怕我会坚持不住。"

短短的一封信，让我痛得无法呼吸。

只是，我们都回不去了！回不去了！

我泪流满面地拨打小烨的手机，只响了一声她就接起。"亲爱的小烨，"我连珠炮似的说，"你说这个世界怎么是这个样子呢，我们一直在很善良地生活从来没有想过伤害别人，我们唯一的错误就是在心底深处把爱情当作信仰。可是事情为什么会像今天这样，为什么一定要告诉我们，我们信任的全都是错，我们追求的都是捕风，你说啊，我要听你告诉我！"

小烨沉默。我不知道她心里是否也有一样的追问，但她现在唯一能做的，就是沉默。

我愣了半晌。

"小烨，亲爱的，对不起，我想要离开。你还记得你自己的梦想吗，我想，我也要鼓起勇气试一试，代你实现你的流浪。我忽然无比向往那种在广阔天地里放逐自己的感觉，高远而纯净。我想，那或许可以代替我们心里一直想要的爱情，我们一直在追求，但总是与我们背道而驰的爱情。"

小烨在电话的那一边安静无声，可我知道，她全都听得懂。

我去不了美国，去乡下总行吧。我找遍了中国地图，决定去安徽的一个小城，我曾经旅游去过那里，我想去暂时居住一阵子，在这个世界上消失，以后怎么做，再说吧。

我去环亚辞职，所有的人都同情地看着我，看来我已经不可避免地成为绯闻女主角。

公关部经理为我惋惜："小朵，你现在辞职对我们是损失，现在是非常时期，公司很需要人才。"

非常时期？我诧异地看着他，他有些尴尬地清了清嗓子，大概在酝酿别的告别词。

周国平就在这时候把我叫到他的办公室。

"听说你要去美国。"他说。

"没错。"我简单地回答。事到如今一切的表白和解释都是多余。

他表情复杂地看着我，却什么也没说。

最后他递给我一只信封。"你的遣散费。"他说，似乎欲言又止。

我漫不经心地接过，随手塞进包里。这不重要。

从环亚楼下我直接打车回家，经过电视台，外面的大型喷绘广告还是"环亚——激情动漫之夜"的宣传海报，我看见自己戴着面具的脸，感慨万千。

"小姐是不是想停一下？"司机善解人意地说，"停留时间照常打表就可以，我没意见。"

"走吧。"我说，"我还有事。"

"好的好的，"司机似乎也对那招牌恋恋不舍，"你说那么大的一家公司，说倒就倒了，哎呀，所以说房地产就是高风险，还是开开出租好啊，钱不能和人家比可咱心里踏实，你说是不是？"

"你说哪家公司？"我激动起来，想起"遣散费"，老天！

"环亚啊。"司机诧异，"小姐你是不是我们这里的人啊，环亚的事你不晓得？我小姑子也在那里工作，被裁啦……"

"回去。"我说，"马上掉头，回去！"

"什么？"司机发急，"掉头？你开什么玩笑啊小姐，你不知道这一路是单行线？"

"回去！"我歇斯底里地大喊。

那天路真的很堵。司机带着我穿了好几条偏僻小巷才顺利掉头，我回到环亚楼下的时候，已经是下午六点。天色已经昏黄，大楼里显得萧条异常，我在一楼的咖啡馆坐下，这里是我和周国平曾经面对面的地方。那时的我青春气盛，桀骜不驯；而他，就像一个永远好脾气的恋人，容忍着我，保护着我。

只是，我那时不知道。

我掏出装着"遣散费"的信封，里面装着一张二十万的存单。存单上是我的名字。

一张字条，是周国平的口气。

"小朵，我是个老头子啦，只会做这个。祝你幸福。"

我把信封紧紧捏在手里，把头伏在桌面上。

哦，我实在太累。让我，好好地休息一会儿。

可是我很快开始做梦。梦里人声纷乱，有声音在一直不停地说："对不起……"

我醒来，在我身边的是宁子。

"陈老师你醒了！"她说。

我努力向她微笑了一下，拿起我的行李准备离开。

"陈老师!"宁子扯住我的胳膊。我不知道她想要干什么,她垂着头,扭捏了半天,低低地说出一句:"陈老师,对不起。"

我终于等来她这一句。

"陈老师,我爸和我妈离婚了。"宁子小小的脸显得很黯淡,但是平静,"是我妈妈提出来的。"

"我很……为你难过。"我真心地说。

"陈老师,"宁子说,"其实我一直知道你对我好。你是这个世界上最善良的人,是我太任性,爸爸跟我谈了很久……"

"什么也别说啦,宁子。"我疲倦地说,"陈老师从来没有怪过你,但是以后你要记住,无论什么时候都要坚强,别再做傻事,听见了吗?"

"陈老师,你还愿不愿意嫁给我爸爸?"宁子忽然看着门口大声喊。

我转身,天呐,门口站着周国平。

他向我张开手臂。

我埋下头。他走近了,一直走到我身边,我一直不敢抬头,他当着宁子的面低声问我:"你回来做什么?"

我把支票拿起来,挡住我的眼睛说:"这点太少了,打发不了我。"

他好脾气地问:"那你要多少?"

宁子插嘴说:"我爸人都给你,行吗?要是不够,再加上一个我。"

我脸红。

宁子和他哈哈笑。

那天的最后，是周国平开车，我和宁子坐在后座，像吵架又和好的一家人。

"公司怎么回事？"我问他。

"投资失误。"

"难道就没有重来的机会？"

"有。"他说，"可是，我不想了。拼了这么多年，我实在觉得累，早就想把公司交给别人，又觉得不放心，舍不得。现在，正是机会，可以好好陪陪宁子，"他微笑，"还有你。"

我和周国平登记结婚的时候宁子一定要跟过去，我们先开车顺道去接了小烨，想顺便带她出来散散心。

小烨已经看不出任何病状，一路上她始终好脾气地微笑，亲热地挽着我的胳膊。

我知道她也为我高兴，只是她一直沉默。

登记处的人特别多，每个人脸上都喜气洋洋。最高兴的人是宁子，她手里捧着几盒红色包装的阿尔卑斯奶糖，看谁顺眼了就发给几颗。

她穿着普通的校服蓝裙子，但她比以前快乐。

我们终于登记完出来回到车上，宁子心满意足地清点着自己的劳动。"三盒奶糖都送完啦!"她评价,"今天真是百分之百甜蜜的一天哟!"

这时有人说:"给我一颗。"

不是我,也不是周国平,宁子手里抱着奶糖盒,是她最先反应过来欢呼:"呀,小烨姐姐说话了!"

车祸五个月后,被医生诊断为"失语症且很难恢复"的小烨终于开口说话,我惊喜万分地拥抱她,再拥抱她,像个疯子一样地又哭又笑。

小烨又说:"小朵,你像个疯子。"

亲爱的小烨,只要你肯说话,我真宁愿我自己是疯子。

"为什么哭呢?"小烨伸手擦我的眼泪,"结局好,一切好,咱们这二十多年,总算是没有白混。"

她并没有跟我提起阿Ben。很多天以后,她也没有跟我提起。

爱情就是这样,有些人慢慢遗落在岁月的风尘里,哭过,笑过,吵过,闹过,都只是曾经的过去。偶尔想起,心还会痛,却也夹杂了说不出的甜蜜,像一首曾经深爱过的情歌,歌词早已模糊,动人的旋律却一直强留在心里,挥之不去。

我陪小烨去上课,她忽然想学服装设计,我也跟着听听。我去了一家新的公司应聘公关部经理,因为在环亚的经验,很容易就被别人相中。新工作很忙,不过我比较开心。周国平在休假,宁子在准备考试,各人都在忙各人的事。

宁子会长大，会有男生喜欢她并给她买冰棒吃。小烨设计的第一件衣服还算不错，她终究会寻找到她的幸福，宋天明也会再找到愿意陪他游泳的女孩子。

我们都还有明天，如此想来，还算不错。

邻居的耳朵

春天已来，风不再往北吹。
我是真的，常常想念她。
她已经住进我的琴弦，
注定与我的手指纠缠一生。

2003年是我最落魄的一年。

首先公司倒闭，我丢了赖以生存的工作。其次因为贝斯手张放的出国，我们苦心经营了一年多的"木马"乐队不得不宣布暂时解散。

白天不用上班，晚上不用演出，我忽然成了一个彻头彻尾的闲人，心情坏到极致，整日借酒浇愁。

一是为了省钱，二是为了清静，我搬到了郊区的一个小套房里。房子很旧，离市区很远，里面的住户大都早出晚归，我弹电吉他的时候，不必担心有人会嫌我吵。

不离不弃的当然还是我的女朋友西西，她语重心长地对我说："叶天明，你干脆就在家里好好写歌，等时机成熟，你一定会红的。"

西西和很多很多的女孩子一样，有简单却一向自作聪明的大脑。

如果爱上一个人，就拼了命地死心塌地。所以虽然她不算漂亮，有时候话又多，我还是和她在一起整整两年。

我们并不同居，她只是一周来我这里两三次，替我收拾凌乱的房间或是买比萨汉堡之类的东西来让我"换换口味"。西西是养尊处优长大的姑娘，她不会做饭，替我泡方便面的时候，会再三问我是先放水还是先放调料，在这方面，她迟钝得让一般人都望尘莫及。

我对门的女孩子叫沙果果。不过是十月末，她已经穿很厚的外套，围丝巾，戴丝质的薄手套，看到人的时候表情倍儿严肃。我有时候冲她笑笑，更多的时候，我宁愿装作没有看见她。

西西非常不喜欢沙果果，骂她是"老巫婆"。老巫婆沙果果好像也不上班，大多数时候和我一样缩在家里，西西撇着嘴说："瞧她那个样子，也找不到好工作！"

我瞪西西一眼。

西西慌忙画蛇添足地解释道："别敏感，我说的不是你。"

西西和沙果果的"宿怨"是因为一封快件。快件是沙果果的，因为她不在，邮递员就送到了对门我家里，西西是个热心的姑娘，当下就帮她签收下来，等沙果果回来了就屁颠颠地替她送了过去。谁知道沙果果一看信封就把眼睛一瞪说："我的信你干吗替我签？你替我签就要负责替我退回去！"

说完，把门砰的一声关上了。

我下班后，西西嘟着嘴使唤我再去做信差，我勉为其难地去敲她的门，她把门开了一条缝，瞄了我一眼，更勉为其难地把信一把扯了进去。

"是男朋友给她的分手信！"西西一边看电视一边分析说，"所以她不愿意收。"

"哦。"我说。

"喂，叶天明。"西西趴到我身上说，"你不打算去pub驻唱吗，这样下去会坐吃山空的。"

"放心，保证不让你养着。"

"你们乐队的人都跑场子去了……"

"我的事不要你管！"

西西撇撇嘴，没敢哭，开门走了。

我跑到阳台上去抽烟，看到沙果果也在阳台上，她正站在凳子上晾衣服。晾衣竿有些高了，她很费劲地往上伸着手臂。我从没见过她居家的样子，和平日里有相当大的不同。我正在想这到底是不是沙果果的时候忽然看到她眼睛一闭，从凳子上直直地栽了下去，然后我就听到她的头和地板接触时发出的一声巨响。

"喂！"我吓了一大跳，赶紧灭掉烟头朝着那边喊道，"喂，你没事吧，喂，你听得到吗？"

那边一丝回音也没有。

我踮起脚尖也看不到她人，只看到睡衣的一个小边儿。

救人一命，胜造七级浮屠。我用一秒钟掂量了一下自己的本事，再用一秒钟目测了一下从三楼到地面的距离，再下一秒钟的时候，我人已经爬过窗台跳到了沙果果家的阳台上。

她面色苍白毫无知觉地躺在雪白的瓷砖上，散乱的长发盖住了半张脸，红色的睡衣看上去性感极了。不过我没有时间想入非非，在拍喊多次依然无效的情况下，我只好给她胡乱套上一件衣服，把她送进了医院。

医生说："严重贫血。"又说，"好在送得及时，以后一定要当心。"

"哦。"我说。

他埋着头开给我一大堆补药说："去拿药！"

"哦。"我说。

沙果果终于醒过来，睁开眼看到我的时候她的表情很惊讶，然后她很肯定地说："是你救了我。"

这是我第一次听她开口讲话，她的声音很好听，有音乐感。

"是。"我说。

"怎么救的？"

"我从阳台上跳过去。"我说。

她把眼睛闭起来，看上去很疲惫的样子，过了好一会儿她才又睁开眼，看着我说："你怎么还不走？"

"我等你说谢谢。"我说。

她说出的话让我大跌眼镜，她咬着牙说："我并没请求你救我。"

好吧，算我倒霉。

我把一大堆补药放在她的床头，起身走人。

西西还在跟我赌气，我打她电话她也不接。家里乱得我做什么事的心情都没有。傍晚我正在一边吃方便面一边看球赛的时候，门铃响起，我端着面去开门，发现是沙果果。她捏着一个厚厚的信封对我说："给你。"

"什么？"我诧异。

"药钱，还有救命钱。"她说。

这事还真是滑稽，我把面条放在地上，打开信封一看，厚厚的一叠钱。我摇着头还给她说："不用这么多，你只需付三百五十二块医药费，再给来回十四块打车费就可以了。"

她迟疑了一下，听我的话把钱悉数数给我，转身走了。

西西终于又来，把一个地址往我面前一甩说："这间酒吧叫'摩尔吧'，老板是学建筑的，刚从国外回来，酒吧不大，他只需要一个可以弹唱的吉他手，你去试试吧。"

我瞄了那张纸条一眼，没做声。

西西忍无可忍地吼起来："叶天明你别这样行不行？"

我做一个请她出门的手势。她不仅不理我，还直直地朝我扑过来，拳头很暴力地落在我的胸口上。换成以前，这样的花拳绣腿我压根都不会理会，但心情不好的时候就完全不同了，我狠狠一把把她推开，她的额角撞到了茶几上，立刻撞出一块青紫来。

　　她开始痛哭，哭完后站起身来，把我的电吉他往地上狠狠地一摔，在惊天动地的响声中，她夺门扬长而去。

　　西西这丫头总是这样气来得快消得也快，没多会儿门铃又响了，我以为是她回来，谁知道门拉开来，竟是面无表情的沙果果，她面无表情地对我说："速食面没营养，我请你吃红烧肉。"

　　她说的时候我已经闻到对面开着的门里传出来的诱人香味。

　　见我没动静，她朝我做了个请的手势说："你不会是怕吧？"

　　这回她的眼神活了，带点嘲讽。

　　我连跳阳台都不怕何况吃红烧肉。更何况我的胃现在已经不受我控制。于是我把门一关，昂首大踏步地走进了她的家。

　　这应该是我第二次到她家，不过是第一次有空认真地端详，她把家布置得很漂亮，和我那狗窝有天壤之别。饭菜已经上桌，每一样都让我垂涎欲滴。

　　"喝酒吗？"她问我。

　　"喝。"我索性脸皮厚到底。

　　她又问："红酒还是白酒？"

　　我不相信地说："难道一个单身女人的家即有红酒又有白酒？"

　　"还有药酒和黄酒。"她说，"你也可以选。"

　　"那还是红酒吧。"我认输说。

　　谁知道她呈上的竟是马爹利。我不好意思地说："太隆重了一点吧。"

"只有这酒。"她说。

"买给男朋友喝的？"我努力调侃。

"那与你无关。"她一边冷冷地说一边替我倒酒。很美的手，看得我入神。

一瞬间，我真怀疑我遇到了女巫。直到她举杯对我说："那天，谢谢你。"

我蓦地反应过来："哦，不用谢，你又没请求我救你。"

她微笑，说："你怎么敢跳过来的？"

我酒壮人胆："美女有难，当时没空想那么多。"

她又微笑："你若不救我，我也许现在还躺在那里。"

我提醒她："医生说你体质差，你要注意身体。"

她的脾气忽然没了，而是很温和地说："是。"

我有些呆过去。

她又说："你女朋友摔掉了你的吉他。"

原来她什么都听见了。

"我自然会收拾她。"我说。

"怎么收拾？"她很感兴趣地问我。

"那与你无关。"这回轮到我拽。

"好，那就喝吧。"她说。

结果那晚我跟她都醉了，她用CD机放起音乐，是《最后的华尔兹》，然后她走到我面前一弯腰说："我可以请你跳舞吗？"

我搂住了她，她的面孔贴着我的，听她在我耳边说："谢谢你的歌，我失眠的时候喜欢听。"

"哦。"我说，"你听过我唱歌？"

"你唱的时候我都在听。"她说，"好听。"

"谢谢你。"我由衷地说。

"你长得很像我男朋友。就是比他高一些。"她说，抱紧了我一些。

她的身体柔软地贴着我，我差点把持不住，不过事实证明我叶天明还算是个君子，我们只是跳舞，没有接吻，更没有做别的。

我在她家地板上醒过来的时候是清晨，她靠在沙发上睡得正香，精致的面孔犹如婴儿，落地窗帘被秋风悠悠地吹起，我一时想不起自己是在什么地方。

回过神来后我起身，回对门自己的家。

刚到家电话就响了，是西西。她说我们以前乐队有首歌给某家唱片公司看上了，那首歌是我做的歌词，她要我赶快去一趟，唱片公司的人要见我。

我没做声。

"好啦，叶天明。"她在电话里哄我说，"乖，我们都在等你。"

我去了，唱片公司那人留着长头发，跟我说话的时候，时不时把手搭在西西的肩头。然后他对我说："你妹妹很关心你啊，为了推荐你的歌，往我们公司跑了十趟都不止。"

西西推开他的手，笑得好尴尬。

我成什么了？！

我站起身来，一语不发地走掉了。西西从后面追过来，满面泪痕地喊："叶天明，你不是人，我这样都是为了你好！"

我谢过她。

骂得对，我不是人。

我敲沙果果的门，想让她陪我喝酒，可是她不在。

我怅然若失，那之后很多天不见沙果果。这个人仿佛凭空消失了一样。

很奇怪，我老是想她。

再见到沙果果是冬天。也许是觉得我无可救药，西西开始对我爱理不理，我的储蓄差不多花光，一首像样的歌也没写出来，我整日整夜在家里宿醉，被西西砸过的吉他声音破了，估计修不好也懒得去修它，所以好久都不再弹。沙果果就在这时候出现在我门口，她脸上的笑很妩媚，对我说："你瞧，我竟忘了带钥匙，看来要从你家里跳过去了。"

"你怎么会消失？"我问她。

她哈哈地笑："我是女飞侠，来无影去无踪。"

我咬牙切齿："女巫婆。"

"也可以这么说。"她笑得天花乱坠，"你喝酒了？一个人喝有什么意思哦。"

"那好。"我拖她进来说，"咱俩一块喝。"

她笑着进来："你先替我把门打开，到我家喝吧，我家好酒多呢。"

"好吧。"我说。我又一次从阳台上跳到了她家，谁知道打开她家门的时候看到的却不止沙果果，和她站在一起的还有一个胖子。

胖子莫名其妙地看着我说："果果，他是谁？"

"对啊？"沙果果看着我说，"你叫什么名字来着？"

"周润发。"我摆个夸张的pose说。

"哈哈哈哈……"沙果果笑得好夸张。

"让他走！"胖子发令。

沙果果推开他说："别吵，让我跟老朋友聊聊！"

胖子一把揽住她的腰说："走，进去！"

沙果果再次推开他，这回胖子恼了："你有点职业道德行不行？"

沙果果转身就给了胖子一巴掌。在胖子还没反应过来的时候，我已经一把抱住了胖子，好个沙果果，对着他一阵拳打脚踢。那胖子一定以为遇到了匪帮，显然被我们吓住了，好不容易挣脱后跌跌撞撞骂骂咧咧地跑下楼去了。

我听到车子发动的声音，沙果果笑得蹲在地上，腰都直不起来。

这个七十二变的巫婆，真不像我记忆里那个老是绷着脸的她。

她就那样蹲在地上对我说："嘿，我真的不知道你叫什么名字。"

"我叫叶天明。"我说。

"叶天明你唱歌不错。"她站起来说，"听得我这青楼女子都如醉如痴。"

"胡说八道找抽啊！"我靠在她家门口，燃起一根烟。

沙果果说："你女朋友现在要是来你可真就跳进黄河也洗不清了。"

"我根本就不想跳。"我说。

"呵呵。"她笑，"你是不是想我了？"

"对。"我说，"为什么突然走掉？"

"哪里都不是我的家。"沙果果冲进屋里，拿了两瓶酒对我说，"叶天明把你的吉他拿来唱首歌给我听好不好？今晚我俩一醉方休！"

"吉他坏了。"我说，"没修好。"

"那就清唱吧，我也喜欢听。"她点歌，"《风往北吹》，会吗？"

酒过三巡，我真的替她唱："你的手一挥说要往北飞，爱情被一刀剪碎我的心一片黑，你讲的很对说永远多累，但是这一声再会以后谁记得谁……"

沙果果扑在沙发上失声痛哭。

我在她的痛哭声里坚持着唱完了这首忧伤的歌。

唱完后又是喝，我从来没见过她那么能喝的女人，我问她："你怎么会有这么多酒？"

"我以前的男朋友是开酒吧的。"沙果果说，"他走了，留下这些酒和这破房子给我。"

"你知足吧。"我劝她，"总比一无所有好！"

"男人都是白痴。"沙果果说，"叶天明我不怕你生气，男人真的都是白痴哦。"

"以后别做那些事了。"我摸着她的长发说，"你看今天那胖子，哪块肉配得上你呀！"

"好啊。"沙果果看看四周说，"我可以吃得很少，养我不是太困难。"

"好啊好啊。"我说，"那你就做我的小老婆吧。"

"好啊好啊。"沙果果说，"我不介意的。"

这些都是醉了的说笑，清醒过后，沙果果不知道去了哪里。我在浴室的镜子里看到自己的脸，额头上有个大大的鲜红的唇印，应该是沙果果的恶作剧。我笑着擦掉了它，这个从不按牌理出牌的小女巫，什么时候吻我的？

就在这时门被推开了，是沙果果，拎着一袋早餐对我说："你女朋友在外面。"

我以为她在骗我，于是说："我女朋友不就是你吗？"

"是吗？"沙果果说，"要养两个老婆不容易，你钱够吗？"

昨晚的那个她又不见了，翻脸真是比翻书还要快。

"呵呵。"我说，"我没答应娶你。"

她冷冷地说："男人说话都是这么不作数吗？"

我用她的话回她："你忘了男人都是白痴？"

她朝我摊开手："你忘了给我钱了。"

我诧异。

"昨晚的。"她说，"我一个钟头收一百块钱，你看着办吧。"

我真想抽她。

不过我忍住了，把包里最后的四百多块钱一起掏出来递给她说："够了吧？"

沙果果咬住下唇收下了它，然后她扬起脸来对我一笑说："算了，看在邻居的分儿上，我就给你个八折吧。"

"你真贱得可以。"我骂完她就冲出了她的家，一出去就看到西西在楼道里缩成一团，脸上是一道又一道的泪痕，我慌忙把她抱进屋，她的眼泪一滴一滴热热地流进我的脖子，我听到她气若游丝地说："叶天明，我们好了两年，我不能让你就这样死在一个老巫婆的手里。"

"那是那是。"我慌忙点头，不知道她是不是在楼道里坐了一整夜，她全身冰凉一直在发抖，真是把我给吓得不轻。我带她冲了个热水澡，把她扶到床上躺下，她闭着眼睛问我："叶天明，你是不是不要西西了？"

"胡说。"我呵斥她。

"叶天明你要是还要我，你就搬家吧。"

"胡闹。"我说。

"我听到你为她唱歌。叶天明你很久没这么认真地为我唱过歌。"

她果然在楼道里待了一夜！

"其实她没有我漂亮也没有我温柔。"

"那是那是。"我说，"一个天上一个地下。"

"你要是为了她不要我就是为了一片绿叶放弃整个森林。"

"那是那是那是。"

"我没有办法原谅你。叶天明我恨你恨你我恨死你！"西西开始尖叫，拳头又如暴雨一样打在我身上。

她一暴力就正常了，我放心许多，紧紧地拥抱她。

我抱着西西的时候却想起沙果果跟我要钱时候的样子，我想我永远都不会愿意再见到沙果果，她真让我沮丧。

我真的永远都没有再见过沙果果。

两个月后，我收到了一个陌生姑娘送上门来的一把崭新的电吉他，还有一封信，信是沙果果写的：

叶天明，这个名字真不错。

在我最寂寞的时候，谢谢你的歌陪我度过。

我没什么积蓄，所有的钱都买了这把吉他送给你。

也许你的歌声，还可以安慰另一个邻居的耳朵。

最后：还希望你会想念我。

沙果果

我问那姑娘："怎么回事？"

她说："沙果果托我一定要带给你。"

"她人呢？"

"上星期死了。"姑娘说，"她是先天性心脏病，治不好的。"

我僵在那里。

"别怪她任性。谁可以跟生命任性？"姑娘说完，意味深长地看了我一眼，转身走掉了，她的背影真像沙果果。

我带着沙果果送我的吉他开始到酒吧驻唱，西西推荐的"摩尔吧"真是不错，人不多的时候，我还可以唱唱自己写的歌。开始有客人为了听我的歌而来酒吧，我的收入一天比一天高，西西也常来捧我的场，拍着我的脸鼓励我说："这才像你嘛，唱下去，一定会有结果的。"

我吻吻她的面颊。

春天已来，不再吹北风。

只是沙果果该如何才能知道，我是真的，常常想念她。

她已经住进我的琴弦，注定与我的手指纠缠一生。

错了又错

我以为我会赢，
却怎么也没想到我会输得彻底。

朱朱把小嫣带回家的时候，我正在接一个美术作者的电话，本来说好明日交封面稿，他却以出差为由硬要拖我一周，我火冒三丈，差点把手提电话扔上屋顶。

回过头，两个女子看着我，一个是我女朋友朱朱，还有一个就是小嫣。

朱朱指着我说："罗明，编辑。"

又指指小嫣说："我好朋友小嫣。"

朱朱热情万丈，层出不穷的新朋友出没于她的四周，生活永远不怕没有装点。可是这个小嫣有点与众不同，她穿一条素白的布裙，脸上不施粉黛，但唇红齿白，煞是好看。我目不转睛地看她近五秒，这才艰难地把视线移开。

她并没有不自在，手提包放到沙发上，自己坐了下来。

朱朱这才说："罗明，我和小嫣要来这里住几日。"

"哦？"我扬扬眉毛，"美女双双离家出走？"

"老土。"朱朱说，"我们只是想找个地方聊聊天。你这里清静，又可以不花钱。"

"好的好的。"我把头点得像小鸡啄米。

面对美女，除了好的，我还能说什么？

我跑到阳台上吸烟，朱朱一会儿溜了过来，小心翼翼地说："罗明你不会生气吧？"

"看看我脸色呢？"我问她。

她嘿嘿地笑："我本来应该先跟你说一声的，可是事情比较突然。所以……"

"好了，好了。"我说，"什么时候变得这么八婆？"

"那我买菜去。"她喜滋滋地响亮地吻我，"晚上给你做糖醋鱼。"

吃喝对现在的我来说均无味，我脑子里全是封面的事，于是到客厅打电话转求另一个老友："书市迫在眉睫，书在印刷厂等着发排，你无论如何要救火。"

"我在西藏采风。"他无可奈何地说，"回来的时候书市都该结束了。"

"那就在西藏做，完了快递给我。"我蛮横地说。

"猪头，我五年才放这一次假！"他挂了电话，我再打，关机了。

我嘴里不能控制地说出一句脏话。

就在这时，身后传来一声轻轻的咳嗽声。我转头，是小嫣，她指指卫生间说："不好意思，请你去看看水龙头。"

我三步并作两步奔进卫生间，水龙头又坏了，水四处漫射，锐不可当。我花了很长时间才把它控制住，浑身都湿透了，小嫣递给我一块干毛巾："真是对不起，我只是想洗一下手……"话没说完，她脚下一滑差点摔倒，幸亏我眼疾手快扶住了她。

"该我说对不起。"我说，"是我家的东西缺少教养，老欺生。"

她并不理会我的幽默，轻笑一下走开了。

朱朱大包小包地回来，一副要大宴宾客的样子。我躲到厨房悄声问她："这小嫣是何方神圣，劳你如此大驾？"

"刚认识啊。"朱朱抱怨说，"这次泰国的旅游团，我和她分到一个房间，我们一见钟情。我在电话里跟你提起过的，可见你当时根本没听我说话。浪费我的国际长途费！"

哦，对。朱朱刚从泰国回来，瞧我，忙得什么都忘了。

她凑到我耳边来说："你讲话的时候要注意些，她刚刚失恋。还不想回家，所以我带她来这里。"完了又说，"我和她甚是投机。"

"晚上她睡客房？"

"你睡。"朱朱说，"我和她在卧室聊天。"

"是不是过分了？"我虎脸。

朱朱埋头剌鱼，看也不看我："不过分，两三天而已，我们要讲讲知心话。"

"三人讲也无妨啊。"我说，"让我来安慰你们的寂寞。"

她把猩红色的鱼肚毫不客气地摔到我身上。

吃饭的时候，小嬷很客气地称赞朱朱的手艺，夸我有福气。千穿万穿，马屁不穿，朱朱笑得像朵花，完了也夸我说："罗明也很能干啊，他正在做一本书，很有希望畅销呢。"

"莫提那本书。"我板脸说，"从头烦到尾。"

"是封面的事？"小嬷忽然说，"或许我可以试试？"

"你？"

"对呀，对呀！"朱朱拍手说，"小嬷是学设计的呢，她的画一流！"

我将信将疑，在电脑里将书稿调给她看，照样骑着车出门去找别的工作室，磨破嘴皮跟人家定时间、砍价钱，再将要求重复数次。

烈日炎炎，神经错乱。

回到家的时候是深夜。客厅里的灯开着，不过没有声响。她们想必已躲在被窝里呢呢喃喃。我刚走到浴室门口就和一个人撞个满怀，吓我老大一跳。定神一看，竟是小嬷，她换上了淡紫色的长裙，头发扎成松松的马尾，用一双大眼睛看着我。

"对……对不起。"一向伶牙俐齿的我竟然结巴，只因没见过那么美丽的眼睛。

"朱朱有事出去了，我在做封面，你要不要来看一下？"

我随她到书房。一张美伦美奂的图已出现在我面前，线条简洁明快，颜色绚烂但一点也不显俗气，我要的就是这样的封面！

小嫣说："明天中午可以交货。但愿你会满意。"

"满意！"我搓着手，毫无原则地说，"傻瓜才会不满意。"

完了又加上一句："明晚庆功，我请你和朱朱吃饭。"

"不必了，天太热。喝稀粥就可。"

"那岂不是太便宜我？"

"我只有一个要求，书上别署我的名。"

"那署什么？玫瑰？"我绞尽脑汁拍她马屁，她却做出赶我的手势："我要加班了。"

我乖乖退出。

朱朱回来，我把她拉到客房问小嫣到底是做什么的。她摇摇头一问三不知的样子。我没好气地说："不明底细的人就往我家带，当心人家把你卖了！"

"罗明你就是太俗气！"朱朱批评我说，"交朋友只要感觉。"

我撵她出门，被子蒙起来睡大觉。翻来覆去，脑子里都是那双美得要命的眼睛。

美编和老总看了小嫣设计的封面后大为赞叹，我心情大好，打电话让朱朱带小嫣出来喝咖啡。朱朱说："她回家了。"

"啊？"我说，"不是说好住三天？"

"你舍不得了？"朱朱说，"我可以替你致电告诉她你想念她。"

"狗屁。"我说，"要打我会自己打。"

她咯咯笑着挂了电话，挂之前没忘记吩咐我替她买好张学友演唱会的票。

那晚我独自在酒吧宿醉，酒吧里放着一首老歌：这神秘的女郎啊，你来自何方，你去向何处，独留下我，惆怅旧欢如梦……

我骂自己说："罗明你脑子发昏，死有余辜。"

恶毒地诅咒完自己，我付账离去。

生活和以前一模一样。我拼命工作，常常加班，有时在排版公司待到深夜，骑着我的破摩托车在城市的夜色里踽踽穿行。内心当然是有盼望的，至少，盼望我做的书可以畅销，让我可以在出版业混出点名堂。

再或者，盼望一次重逢。

老天有眼，没想到的是，两周后的一次晚宴，我竟然又看到了小嫣。

那是出版界的一次盛会。各路相关人马纷纷前来。我一眼认出小嫣，这一次她化了淡淡的妆，穿晚礼服，精致而高贵的一张脸吸引了众多的目光。

我按住一颗狂跳的心上前与她打招呼。

"哦，罗明。"她记性还行，笑笑说，"朱朱可好？"

"好。"我的眼光没法从她身上移开。

"怎么啦？"她笑着说，"你的书就快要出来了吧？"

"就这几天。"我说，"你看我，一直没机会谢谢你。"

"朱朱的事就是我的事。"她的措辞无懈可击，"你这么客气倒是见外了。"

"朱朱就是你你就是朱朱那该有多好。"

"你这张嘴啊。"她板起脸来，不再与我多话，转头找别的朋友去了。

我甚是失落，看来我对她并无半点吸引力。同去的编姐凑到我耳边问："你居然认得于嫣儿。"

谁？谁是于嫣儿？小嫣原来叫于嫣儿？

"她和所有的名作家都熟络，让她替你约两部书稿，你很快就会红。"编姐激动地说。

"她到底是做什么的？"

编姐嘴里轻声吐出一个名字，那是我们业内的大红人，不过至少也该过四十岁了吧。编姐说："于嫣儿从十七岁时就死心塌地跟着他，今晚她应该就是代表他出席吧。这件事当时全城都闹得沸沸扬扬，你会不知道？"

我不知道。记得朱朱说小嫣和她同年，那么于嫣儿十七岁的时候我也不过十八九岁吧，整日在球场上蹦跶，渴望朱朱等年轻姑娘倾慕的目光，肤浅得至死，哪里懂什么是真正的爱情。

我唏嘘。

谁让我比人家晚熟数年，不然说不定也能来场对手戏，谁输谁赢谁知道呢。

席间我还是忍不住溜过去问她的联系方法，厚着脸皮说等书出来了要给她开封面设计费。她低声说："不必了，算我那两天住在你家给的房租。"

"到底是有钱人。"我说，"我那破屋也让你出手如此阔绰。"

她的脸色微变，但尽量维持着风度。

我自知说错话，赶紧向她道歉。她转开话题说："你告诉朱朱我最近忙，有空的时候再约她聊天。"

吃完晚饭后到停车场取车，我那辆破摩托车怎么也发动不了，一个恬静的声音从身边传来："不介意我送你一程？"

我知道是她。

我上了她的车。她将车开得极为平稳，我们一路上无话，车子快要经过立交桥的时候，有一个小广场，她忽然将车停了下来，告诉我她想休息一下，然后开门下了车。

我看到她灰败的脸色。

"何苦呢？"我对她说。

"世事无常，焉能常常自己做主。"她叹息，"别以为人人都可以像朱朱那么甜蜜快乐。"

"你和朱朱大不同。"我说。

"我那日匆匆出门，报了个旅行团，胡乱跟人就上了飞机。亏得朱朱对我细心照料，晚上的时候，她把她自己带的真丝睡裙让给我穿，自己穿一件大汗衫，也不问我到底是谁，单纯得让我妒忌。"

"呵呵。"我笑。

这个聪明的女子，我知道这是她给我的解释，当然还有很多背后的她认为不必要对我解释的东西，比如为什么要匆忙离家，为什么要不开心等等，相信她对朱朱也未曾说过，我当然也不会问。

我在天桥下跟她告别，自己打车回家。

忘掉于嫣儿，我对自己说。

可是有一日，朱朱却苦着脸对我说："小嫣手机号码也换了，我怎么也找不到她。"

"忘恩负义之徒，"我说，"你想她做什么！"

朱朱说："那日分别时她送我一枚钻戒，说是给我玩玩，我今日才知价值近万，说什么也要还给她，怎么可以收？"

"我替你找她！"我恼怒地说。我也不知道恼怒从何而来，有钱了不起吗？有钱就可以随便摆谱吗？

我托编姐费了九牛二虎之力终于查到她办公室电话，本想打电话过去，可最终还是亲自上了门。走到她办公室的那一刻，我才发现其实我是想见她。

但是我已经来不及回头了，我听到她叫我的声音："罗明？"

的确是她。她手里拿着文件袋，一身黑衣，头发束起来了，露出颀长的脖子，与我上两次见她有很大差异。我罗明一辈子没见过这么高贵的千变万化的女人，好半天才回过神来。

"我找你。"简直是废话。

"我知道。"她微笑着替我开门，"请进。"

我把一个文件袋递给她："这里面是你的报酬和朱朱还你的戒指。"

她收起微笑："你们都太认真了。"

"这是原则。"我努力调节气氛，"再说朱朱的钻戒应该我送，你送像什么话？"

"一枚小戒指而已，我喜欢朱朱所以送她，她若不喜欢，扔掉就是。"她的脸变得比翻书还快，"罗先生我还忙，你还有事吗？"

"有。"我说。

她奇怪地看我。

"我想约你。"我开门见山。

"呵呵，"她取笑地说，"你怎知不会被拒绝？"

"因为你寂寞。"我说。

她将我给她的文件袋扫到地上。

我转身离开，我赌她会看那袋子，里面除了支票和钻戒，还有一张音乐会的门票。朱朱是不会喜欢看那样的演出的，她喜欢听张学友，和一帮小fans一起尖叫，她连F4都会喜欢，她永远十七岁，她和于嫣儿一点也不同。

音乐会的那天，我有事耽误了，去的时候已经开场。于嫣儿早就坐在那里，这次是一身淡绿，也是很好看。她轻声抱怨我说："你居然迟到。"

"我在家换衣服。"我说，"揣测于嫣儿会喜欢哪种套装。"

她不再与我说话。

演出很精彩。我和她很有默契地鼓掌。她身上的暗香让我恍惚，我对自己说："罗明你得知道你在做什么？罗明你怎么可以毁在一个女人手里？"

可是这个世界上有一个词叫身不由己。对，身不由己。

多好的一个词。

罗明的灵魂早被一个叫于嫣儿的人偷走。

散场的时候她问我："你怎知我会来？"

"嘘！"我故作调皮状，"秘密！"

"恶心。"她笑，像个孩子，然后问我："你怎么来的？"

"打车。"我说，"回去想搭你便车。"

"我没开车，"她说，"今天心情不错，所以一路走来。"

"那就一路走回去好了。"我说，"说说为何心情不错？"

"嘘，秘密！"轮到她将我军。

"不许笑！"我呵斥她。

她不解地看我。

"你笑得我方寸大乱。"我老老实实地说。

她果然收住笑,叹息说:"罗明,你何时练就的这一张嘴?"

"以前是为了生计。"我说,"不过现在我发现有更大的妙用。"

"为何?"

"为了讨你欢心。"我单刀直入,目光炯炯看着她。她的脸色突然绯红,调过头去。我自知有戏,穷追不舍:"请你吃夜宵?"

她没拒绝。

我们到"名典咖啡屋"。很优雅的包间,我喝乌龙茶,她喝咖啡。喝到一半时我坐到她身边,她往旁边躲了躲,心里一定在骂我猪头。可是她毕竟没有骂出口。我嘶哑着声音问:"可不可以追求你?"

她忽然落泪,弄得我手忙脚乱。然后我听到她说:"罗明,我十七岁时怎么没遇到你这样的男孩,不然,一辈子可以不是这样的。"

"还来得及后悔。"我说。

"来不及了,我连糖醋鱼都不会做。"

"我可以学。"我是真心话,我为她什么都可以。

"为什么喜欢我?"她问。

"我也想知道。"我说。

"你是个傻瓜。"她以手抚额,"你比我还要傻。"

她疲惫的样子也是如此的优雅，我维持君子风度，差点撑到青筋爆裂才没去吻她。

之后的很多天，她不肯再见我。我当然知道原因。于是我开始疏远朱朱，她打来电话我不接，到我家我躲在房间不开门。她终于在公司逮到我，厉声说："罗明你找死，你在搞什么鬼？"

"我忙。"我苍白地说。

"忙什么忙？看你做的破书！"她把我桌上的书甩得啪啪作响，"要不是小嫣的封面漂亮，我看你一本都卖不出去！"

"是是是。"我任由她骂。

她夺门而出。

晚上接到小嫣的电话，我欣喜若狂："出来喝咖啡？"

"罗明。"小嫣的声音很沉静，"朱朱在我这里，她心快要碎了。"

"关我什么事？"我硬着心肠。谁让我遇上于嫣儿？

"我会同她说。"小嫣说。

"说什么？"我紧张。

"说你这样的男人不值得留恋。扔掉也罢。"她恶狠狠地挂了电话。

扔扔扔！此时的罗明，也就跟一块破抹布没什么两样。我自暴自弃，又独自到酒吧喝酒，酒吧里的歌还是那一首：呵，神秘的女郎啊，你来自何方，你去向何处……

惆怅旧欢如梦。

酒醒了后，我躺在一个陌生的环境里。一个人影立在窗前，我脱口叫出："小嫣！"

真的是她。她转头向我说："朱朱说在那里可以找到你，我去的时候，你已烂醉，正在和服务生吵嘴。"

"为什么吵？"我全不记得。

"你骂她赶走小嫣。"她呵呵地笑，"我只好带你来这里。"

"这是哪里？"我问她。

"我的家。"

"我们可有……"

"狗嘴里吐不出象牙！"她啐我，"老大不小了，还搞得像小孩子一样深情。"我趁势拥抱她，她的身子很软，我将头埋在她胸前说："为了于嫣儿，赴汤蹈火。"

我可以感觉到她的颤栗。

我以为我会赢。我怎么也没想到我会输得彻底。那是我最后一次见于嫣儿，她送我到家门口，摇开车窗在阳光下跟我挥手，我以为我们会有美好的将来，我没想到她第二天就去了美国。

美国。

她留下两样礼物，一样是给朱朱的，还是钻戒。不过比上次给她的还要漂亮许多，盒子里有张小卡，上面写着：给朱朱和罗明的结婚礼物。

还有一样是她的书稿，图文并茂。书的名字叫《错了又错》。她写道：罗明，相信这会是本畅销书。记得给作者署名叫"玫瑰"。

我熬夜读完她的小说，应该是于小嫣的自传，于小嫣不输于任何的作家。

朱朱又回到我身边。仿佛一切都没有发生过。聪明的女子就是这样，可以将不快乐的事很快地抛于脑后不去想它。躺在我怀里读《错了又错》的时候，她说："罗明，结尾处这个角色怎么看怎么像你。"

我苦涩地笑。

我终于事业有成，只是那个叫于嫣儿的女子，与我永远地错过。

蝴蝶来过这世界

没有相遇，就没有故事。
故事是悲是喜，自己从来都不能做主。

六十九楼。

是这个城市最高的建筑。

如果我纵身而下，就可以像一只蝴蝶一样翩翩飞翔。

我在很冷的秋天里坚持穿着我夏天的蓝色长裙，它温柔而妥帖地拂着我的长腿，让我冷也冷得很舒服。

穿过大街上许多人朝我投来莫名的眼光，如我所愿，这里的风真大，裙袂高高扬起，我的嘴角露出了一丝微笑。

我好像很久都没有笑过了，因为我不想活了。我从二十岁起就不想活了。

楼顶上的风真大，我要像放风筝一样把自己放飞。其实我已经想象了好久，那种飞翔时的痛快和飞翔之后的痛苦，但是我在最后的一刻犹豫了。我想起了心欣的小脸，我应该去看看心欣。

我竟然差点忘了心欣，这是多么该死的一件事情。

到孤儿院的路正在修。

下了公交车，还要走很长的一段时间，我的高跟鞋有些脏了，便用包里的纸巾将它擦干净。其实我并不是一个很讲究的女孩子，但是要见心欣最后的一面，我希望留给她最好的印象。

"月亮姐姐！"心欣像小鸟一样扑到我怀里说，"月亮姐姐你真坏，你有多久没有来看过心欣啦？"

点点她的小鼻子，我说："也就是四五个月么。"

"那个时候是春天，可是现在秋天都到了。"心欣说，"月亮姐姐你穿这么少，会冷的哩。"

说完，她抱着我的脖子，猛亲我一口。

我说心欣真好，一晃眼，都长这么高了。

心欣嘟着嘴说："我不好。一点儿也不好。"

"怎么了？"

"我没人陪。"

我忽然很想哭，但是我不会在一个孩子面前哭。我把给心欣的礼物送给她，那是一只叫"Snoopy"的小狗。花了我不少的钱，不过钱对我没有什么用了。我把余下来的不多的钱放在一个零钱包里一起给了心欣。

我对心欣说："月亮姐姐要出远门，这是压岁钱，你先拿着。"

心欣扑闪着大眼睛不解地看着我，那是多么清澈明亮的眼睛，我不忍对视。

给她一个吻，告别。

她不顾老师的命令，一直送我到门口，看我远走。脆脆的声音冲着我喊："月亮姐姐你早点再来看我哦！"

我不敢回头，怕她看到我的眼泪。

也庆幸她还不懂得生死离别的含义。

三年前，我十八岁。

幼师刚毕业。毕业前学校安排我们来孤儿院做义工。

我就是在那个时候认识秦的。

和我周围的小男生和大男人相比，秦是从小说里走出来的。他个子很高，穿着很考究，自己开一辆宝马，给孩子们送来了很多玩具。孤儿院的年轻老师们凑到一起悄悄地猜他的年龄。有人说他三十岁不到，有人说他至少三十五岁，争得快要吵起来，被秦听到了，他很温和地说："你们都错了，我三十八岁了。"

我多嘴地一吐舌头说："老天，比我大二十岁！"

那个时候我抱着心欣，心欣手里抱着他给的洋娃娃。秦拿出相机来说："别动，我替你们拍一张相片。"

一次成像的相机，相片很快就出来了。我和心欣笑得都有些过分，嘴巴差点咧到后脑勺，我们头顶是灿烂的阳光，身后是孤儿院郁郁葱葱的柏树。

秦拿着照片看了半天才递给我说："这是我本年度最好的作品。真舍不得给你。"

"那你就留着吧。"我说，"要不再替我们拍一张？"

"照相是要抢时机的。"秦说，"刻意的永远也不会好。"

那时的我是个简单的女生，他一复杂，我就愣了。好在心欣像小兔子一样从我怀里挣脱，我便一路追随她而去。可是我总感觉，他的目光追随着我，让我有些不自在。

"这个男人有点怪。"我的好朋友青青附到我耳边上来说，"月月你要小心，他一直在注视着你，肯定是个大色狼。"

"管他！"我说。

我一向天不怕地不怕，何况光天化日之下一色狼乎？

一周后，秦在我们的学校找到我。掏出他的名片，某模特经纪公司的老总。

秦说："你很有潜质，做幼儿园老师浪费了，可愿意到我公司来？"

我看着秦摇头说："我不愿意。"

秦笑了："要知道这种机会是多少女孩梦寐以求的。"

"那就把机会让给她们吧。"我说,"我不在乎。"

我不在乎是因为我可以有不在乎的条件和前提。我人漂亮,在班上成绩数一数二,能歌善舞,早被学校推荐到市里最好的幼儿园做老师,我喜欢孩子,愿意在他们中间扎堆一辈子。

看得出秦有一点点失落。但是他没有过分强求,很礼貌地跟我告辞,对我说:"有事尽管来找我。"

看着他的背影,青青意犹未尽说:"他至少该请你吃饭,到'金帝酒店',再带上我。"

"你想去吗?"我问青青。

"如果他年轻十岁,"青青说,"我可以考虑!可是他太老了,跟我爸爸差不多!"说完哈哈大笑,笑声里不无贬义。

其实我觉得老不是什么缺点,晚上的时候,我躺在床上看秦的名片,他有一个很大气的名字:秦风。名片很有质感,是我喜欢的那种纸,我轻轻地摸着,没有扔掉。最主要的是,秦让我想起我的爸爸,他们都很沉稳,内心波澜不惊,足以让人依靠。

可惜爸爸不在了。

爸爸是生病去逝的。

那时我很小,他还很年轻。爸爸跟我说:"月月你找不到爸爸不可以哭,不管怎么样爸爸都看着你呢。"

我那时真的太小了,关于爸爸的记忆不是太多,除了这句话,就记得爸爸拉的小提琴,永远都是"化蝶"的调子,期期艾艾地回响在我成长的记忆里。

不能想，一想就是痛。

哥哥从外面推门进来，他不是我亲哥哥，是我继父的儿子。他很少进我的房间，可是他进我的房间从来都不敲门，我顺手就把床头柜上的台灯向他扔去，嘴里喊着："敲门你会不会啊！猪！"

他躲开了，看着我说："等你工作了，交多少生活费？"

"要你管！"

"不许多交，要是用不掉我替你用。"

我当然知道他是什么意思，他在一家破工厂里做工人，一分钱也不能交给家里，还装阔配什么手机，坐在沙发上用手机跟女朋友聊天，气得我继父山羊胡子直抖。

爸爸是多么高雅的人啊，会给妈妈写诗，会拉琴给她听，我永远也想不通妈妈怎么能忍受我粗俗的继父。他吃饭的时候，青菜叶子沾到牙上，就用手指往外抠，我跑到卫生间里吐，妈妈还直朝我摆手。

就是这样的一对父子，我们竟然和他们同在一个屋檐下生活了十年。

世道炎凉。

"一分钱也别想我的。"我对他说，"你死了这条心。"

"你的书怎么念完的？"他死皮赖脸地说，"这些年你没少花我的钱，是该你回报的时候了。"

"滚出去。"我头也不抬地对他说。

"翅膀硬了?"他恶狠狠地看着我,"不知恩图报会有报应的。"

"我等着。"我说,"报应就报应。"

他摔门而去。妈妈立在门口忧郁地看我。半晌后她说:"月月你脾气越来越坏,到了社会上要小心,不然要吃亏的。"

"是。"我说,"但你先让他闭上乌鸦嘴。"

我没想到乌鸦嘴所说的报应来得那么快。

就在我踌躇满志要干一番事业的时候,我在幼儿园的指标被人莫名其妙地顶掉了。我知道这个消息时我所有的同学都分配了出去,连街道幼儿园也不再需要一个老师。

全校最优秀的学生没找到工作,失业了。

妈妈哭得眼睛都肿了,几天几夜睡不好觉。醒了就靠在沙发上叹气,埋怨爸爸不保佑我。他们父子俩的脸黑得像炭。后来为一件小事,继父竟动手打了妈妈,我挥手就替妈妈还了继父一耳光,他厉声叫我滚,滚滚滚!一声高过一声。

我到房间里拿了秦的名片,背着我的小包就出了家门。

妈妈跟着我追出来,递给我一百块钱,吩咐我到叔叔家住几天。小时候一有家庭风暴都是这样,但现在不是小时候了,我把钱还给妈妈,我告诉她别担心我,我一定会有办法。

妈妈软软塌塌又焦虑无助地站在那里,我真怀疑我不是她的女儿，我头也不回地远走，发誓一辈子也不要像她那样软弱地生活。

我在公用电话亭打秦的手机。

谢天谢地，他接了。

我说："秦总你好，我是师范学校的季月，我们在孤儿院见过。"

"哦？"秦很聪明地说，"你想通了？"

"是的。"我说。

"那你明天来上班吧。"对于我的回头，秦并不拿架子，他说，"我不会看错，你会成为最好的摄影模特。"

秦果真是慧眼。

我一去就受到重用，拍的第一个广告是化妆品，香水系列。化了妆后我几乎不认识自己，只有神态是我的。摄影师不相信我是非专业的人士，因为我一点就通，他对秦说我们找到一块璞玉，秦笑而不语，私底下却对我竖起大拇指，对我说："我早就说过你一定行。"

我得寸进尺地说老板要包吃包住不然我跳槽。

秦说："哦？这么会谈条件，看来你更适合到我的公关部。"

"哪里都行。"我说，"只要包吃包住。"

"跟家里闹翻？"秦说，"想独立？"

我神情黯然："不想说。"

"那就别说。"秦当晚把我安排进一个小套间。那是他家的旧房子，生活用品一应俱全。我向他道谢。他说："莫谢，你的神情真像我女儿。"说完掏出皮夹子给我看他女儿的照片，还真是有点像，特别是那双眼睛和笑起来深深的酒窝。

我说："改天见见她。"

"远啦。"秦说，"她和她妈妈在加拿大。"

"那你什么时候去？"

"我不去。"秦说，"我跟她妈妈离了。"

原来春风得意的秦也不是那么幸福。难怪他会定期去孤儿院看望孩子们。我还以为是企业家的炒作呢。

我开始觉得遇到秦是我的幸运。

在秦的提携下，我很快就有了点名气，我带着妈妈从市中心那张大广告牌下走过的时候，她没有认出那是我。我说是我，妈妈说："不说就算了，一说还真有点像。"

我不知道她是不是装糊涂，我刚请她吃完饭，她的口袋里装着我才给她的两千块钱，可是她并没有详问我的工作。但我是希望她问我的。

我知道她有些怕，怕我是做什么不好的事才有这么多的钱。就算是自己的妈妈，也很有可能像别人那样看不起你，瞎想瞎猜。

我不在乎。

就算所有的人说我是秦的情妇我也不在乎。

我跟秦的确走得很近。有时他送我回家，在我家喝一杯茶就走。有时我去他家，趴在他家地板上看美国的恐怖片，一边看一边大声尖叫。秦把耳朵堵起来，宽容而宠爱地看着我。我想他是心甘情愿忍受我的尖叫的，因为看完了我可以做饭给他吃，我的菜烧得一般，但他吃得狼吞虎咽，说是多少年没有吃过家常菜。

可笑的是，关于我们的故事从被人津津乐道到被人习以为常，其实秦连我的手都没有碰过。他真的是君子，但是我在不知不觉中爱上了秦。我想在我二十岁生日那天告诉他，我要嫁给他。

我不嫌他老。

我也不在乎他有没有钱。

我也可以和他一起淡没红尘，找一个安静的地方终老。

当然最主要的是，年轻的时候要多挣些钱。

所以我干活很拼命。

什么样的活儿我都接。走穴走多了，秦开始不满意，问我是不是家里有困难。我撒谎说："是的，欠一笔债要我还。"

秦说："多少？"

我瞎说："十万。"

秦一声不吭地开出一张支票递给我。

我惊讶地看着他。

他说："你的阅历还不足以在外面混。为钱更不值得。"

像电影里一样，我当着他的面把支票撕得粉碎，我恨他瞧不起我。其实我在哪里，都是洁身自爱，拍内衣广告的时候也是。

谁都可以瞧不起我，但是秦不可以。

我在第二天提交了辞职报告，秦说："你想清楚，要是走了，就永远也不要回来。"

他的语气不容商量，我又舍不得了，灰溜溜地收回报告，秦把它放进碎纸机。我低着头对秦说："老板，我爱你。"

"傻丫头。"秦说，"等你满了二十岁，我就准你恋爱。"

我问秦："和谁？和你吗？"

"呵呵。"秦说，"当然不，你要爱一个小伙子。"

"我只爱秦风。"我说。

"任性。"秦说，"好好做你的模特吧，你会有出息的。我也可以跟着你沾光。"

我终于等来我的二十岁生日。

和秦预料的一样，我已经非常的有名。除了拍广告，我开始涉足影视界，甚至有唱片公司找我出唱片。那是我事业如日中天的时候，但是没有人追我，大家都认为我是秦的女人。秦替我办了一个像样的生日party。圈内圈外来了不少的朋友。酒过三巡秦朗声说："我公司最成功的模特季月小姐算是真正成年了，我在这里要告知天下年轻男士都放手来追她，各自凭本事。"

众人哗然。

我抢过话筒说："我只爱秦，我非秦不嫁。"

秦没想到我来这招，尴尬地看我。

众人哗然。

我一仰脖，一杯红酒畅然下肚。

那一夜我久久不能入睡，起来开了音响。午夜的收音机里竟传出梁祝的旋律，我仿佛看到爸爸站在我身旁，他温和地对我说："找一个爱你的人，爸爸就放心了。"

秦是爱我的。我有把握。

我在深夜拨通他的电话，希望他能来我身边。

秦说不好。

我说你不来我就去你那里。

二十分钟后秦开车到了。我给他开门，他递给我一个盒子说："忘了给你生日礼物。"

我扔掉盒子和他紧紧拥抱，收音机里还是梁祝，夜班主持人一定是睡着了，而CD机在repeat键上。

我对秦说："跳支舞吧。"

秦带着我旋转，在我耳边说："我这老头子，要遭天谴的。"

我捂住他的嘴，不让他再说下去。

我以为我可以和秦有非常美好的未来，因为我不在乎别人怎么说，只要秦也不在乎，有什么呢？

可是我没有等到我想要的结局，因为就在那晚，秦从我家驾车回自己家的时候，出了车祸。

他再也没有醒来。

我在秦的葬礼上看到了秦的女儿，她十五岁，真的和我长得很像。

经过我身边的时候，她用英文骂我。

我英文不好，但是那句话我听懂了。她说："fuck you!"

秦走后我的事业就一路往下滑。

再说我也没有心思再继续这样的工作。渐渐的我开始夜夜笙歌麻醉我自己，跟不同的男人出没于不同的夜之场所。每天早上不睡到十点不会起床。

不再有人找我拍广告。我的存款开始一点一点地减少，但是我不在乎，我得过且过。

有一天在路上看到一群小朋友过马路，老师亲切地叫大家小心点，还牵着一个小胖子的手。那个老师我认出来了，是青青。她一点也没变，干干净净的。

她没有认出我来。

我飞快地走掉了。

秦出事后我就没再回过那个家，实在是不敢回去。自己家也不能回了，因为没有钱给妈妈。不过好在我总是有地方住，只是每一次住的同伴不同而已。

睡不着的夜里，我常常想，是我害了秦，要不是我的任性，他一定不会死。我又想，不知道是不是也是秦害了我呢，如果没有遇到他，我总会在一家幼儿园里找到工作，像青青一样和平幸福地生活。

没有相遇，就没有故事。故事是悲是喜，自己从来都不能做主的啊。

我本来也不会那么糟的，可是有一次我跟一个男孩回家，他给了我一根烟。那是一根很特别的烟。

我就是那样走上不归路的。

所以我只有选择死亡。

在我二十一岁生日的这一天，在秦的忌日，像蝴蝶一样地离开这世界。

最后我又决定去旧房子看一看，和秦的所有告别。

一切都没有变。

我在那里坐了二十分钟。就在我要转身离去的时候我在沙发上看到一个盒子。

那是我二十岁生日的时候秦送我的礼物。

我忘掉了。它静静地躺在沙发上，就在那个地方，秦曾轻轻地拥吻过我，那是我的初吻。令我幸福得发眩却一生不能重复的回忆。

我用颤抖的手打开了那个盒子，首先看到的是一张照片。照片做成了水晶的相架，是我和心欣在孤儿院里照的那一张，照片的旁边写了四个字：微笑人生。

一张笑得多么灿烂的照片啊。

然后是一张存折，上面写着我的名字。存款是二十万元。里面夹着一张纸条，秦说："老头子了，只能做这种俗气的事。生日快乐！"

我泪如雨下。

人生真如戏剧。

冥冥中一切都有定数。

秦是多么的睿智。

我用那笔钱成功地戒了毒。

然后我开了一家私人的幼儿园，幼儿园是简陋了一些，但我有信心把它办得更好。

心欣是我的幼儿园里第一个小朋友。

她用彩色在墙上画了一只大大的蝴蝶，高声地叫我："月亮姐姐快看！多漂亮！"我微笑着替她把小手擦干净，也许我再也不是一只美丽的蝶。

但蝴蝶来过这世界。

爸爸也好，秦也好，一定会看到我的幸福。

风筝

是谁说，没有眼泪的爱情不是真正的爱情？
我曾经嗤之以鼻，如今终于深信不疑。

纪离开我的时候，我二十三岁，他三十岁。

在那之前，他曾经无数次地对我说过："亚亚，快点长大，等你到了可以结婚的年纪，我就娶你。"

纪终究没有娶我，还没等我长大，他就离开了我。而且一去就去得很远，到了地球的另一端。

那时是冬天，夜真冷，我躲在厚厚的棉被下哭了一整夜。我知道从此以后，我再也见不到纪，就算见到他，他也不会再是我的亲爱的了。

两个人，从此就这样远隔天涯。

第二天早上照镜子的时候，看着肿得像鱼泡的眼睛，我对自己说，就算毁容也无所谓了，因为我的美丽纪再也看不到。

十九岁的时候我认识了纪，那时我还在念大二。同伴约我去夜店，那是我第一次进夜店，坐着，不好意思动。身边还有一个人和我一样坐着，那就是二十七岁的纪。

他是陪女朋友来的，他的女朋友化着很浓的妆，在闪烁的灯光下笑得像个妖怪。然后她蹦到我们边上命令纪："你给我起来，跳！"

纪的脸色是黑的。

他们对峙了很久，纪最终也没有站起来，女孩狠狠瞪他一眼，重新蹦到灯光下去，重新笑得像一个妖怪。

独留寂寞而尴尬的纪，闷闷地坐在那里抽烟。

作为观众的我对此有些忿忿不平，出主意说："你可以不必等她，先走。"

纪很奇怪地看我一眼，天，他有一双很好看的眼睛，还有一对很好看的眉毛，然后他说："你怎么不去跳？"

"不好意思。"我实话实说，"第一次来。"

"那么，"纪说，"我请你喝茶去？"

戏剧般的相识，很久以后纪用四个字形容见到我的那一刻，他说："惊为天人。"

纪的女朋友来找过我，把我堵在女生宿舍的门口，指着我的鼻子破口大骂。我从来没有见过会说那么多粗话和脏话的女人，更难以相信纪曾经和她有过四年的恋爱经历。

我一直站在那里很乖地听她骂。

脸上微微地笑着。

我要做这个世界上最有涵养的女人，我要让纪知道他的选择并没有错。

最后是那个女人哭了，她的脸上抹了好多的粉，被泪水冲得一道一道的。我带她到我的宿舍洗脸。

她很绝望地说："你这么好的皮肤，竟然连洗面奶都不用。"

纪第一次吻我的时候，我吓得有些魂不附体，我并不觉得美好。当着纪的面差不多刷了半个小时的牙。想起来了，又冲到卫生间里去漱一下口。

纪摇着头说："本来我还想过分一点的，算了，留你一条命吧。"

那以后纪真的很少碰我。

最多就是牵着我的手，和我一起慢慢地在夜风里走。纪的手真大，他握着我的时候，我就感觉自己好小好小。

纪也总是说："亚亚，你好小，小得我想把你吃进肚子里。"

我抬起头来看他，我以为他会吻我，但他只是在我的唇上蜻蜓点水。

那年春节我没有回家过年，妈妈把我的电话狠狠地挂了，她说："你要真的跟着那样老的男人，就永远也不必回家了。"

我把纪的手机还给他，无可奈何地耸耸肩。

寒风里，纪的鼻子冻得红红的，他说："对不起。"

我笑笑说："爱永远也不要说对不起哦。"

"值得吗？"纪又问我。

"值得！"我拼了命地点头。

除夕的时候我躲在纪的怀里看春节联欢晚会，可是我无论如何也看不进去，我又拨通了家里的电话，妈妈在电话的那一端轻轻地哭泣。

第二天，纪买了飞机票送我到机场，还给妈妈买了朵尔胶囊。

妈妈紧紧地拥抱我，却把朵尔一把扔到了门外。

恋爱谈久了，才发现自己的恋爱并不像别人的那样。

同宿舍的好友也恋爱了，她把男友带到我们宿舍，然后挤着眼睛要我出去。我动作稍微慢些，便引来无数的白眼。

她的男友还给她写很肉麻的情诗，给她唱玫瑰情歌。

他们约我和纪一起去野营，纪不肯去，他说他怕蚊子。于是我也不去，我对女友说我怕蚊子。

纪离开了她以前女朋友老爸的公司，不过他依然找到了很不错的工作。他总是穿着很干净的衣服坐在写字楼里上班。他很注重仪表，衬衫要是不慎有了一点点的脏，都会抽空回家来换上一件。

我喜欢上了熨衣服，把他的每一件衣服都熨得服服帖帖的。

我想唱卡拉OK的时候，多半是他不在家的时候。我可以很大声地唱，然后放了张学友的歌，想象是他唱给我的。

我从来没有听过纪唱歌，他说他喝了酒后会唱，可是我蓄意地灌醉过他好几次，他都没有开口唱过一句。

毕业后，我没有回老家。

我是计算机系的高材生，凭自己本事留在了这座城市，在一家公司做广告策划。虽然挣钱不多，但不用坐班，也很清闲。

有一次运气好，竟有大客户自己送上门来，我没日没夜地趴在电脑前做策划，他们对我的方案十分满意，采纳了它。

我一下子就拿到了差不多三万块钱。

我从来没有拿过这么多的钱，我寄了一万块钱给妈妈，然后把余下的都交给了纪。

我在信中对妈妈说："纪替我找的工作我很满意，也很适合我。他很爱我，每天下班替我带一支冰激凌。妈妈我很幸福。"

妈妈终于接受了我和纪在一起的事实。她来看过我们一次，坐在我们家里那张小小的沙发上，妈妈说："亚亚你要小心，刚刚工作可不能让单位的人看不起你。"

我知道她想说什么，我没有告诉她其实我和纪并不睡在一起，也没敢告诉她房子是租的。

因为妈妈说，这房子不错，装潢一下可以结婚的。

纪的工作开始不顺利，有一次，他涨红了脸跟我借钱。

我想说我刚刚不是才给了你两万块钱存着吗？但我最终也没问。

纪有他个人的秘密，如果他有困难，只有我能帮他。

房主上门讨房租的时候，纪多半不在，我付掉了，也不跟纪说。

纪也不问，仿佛这房子真的可以白住。

我很努力地工作，为了挣钱，我开始接别的工作。有时替别人做一个网页，没日没夜地做，只能挣几百块钱。脸颊瘦下去一大圈，眼睛也大起来。对面办公的女孩对我说："亚亚你最好还是化点淡妆，美宝莲的三合一粉霜不错。"

我想起纪的第一个女朋友，心里是无限的恐惧。

那天晚上我挤到纪的床上和他聊天，其实我也常常这样在他的床上睡着，有时醒来的时候，纪会深情地看我。

让我相信爱情从来都没有错过。

但那天纪很累，他比我先睡着。我来不及问他我是否依然美丽。

我睁着眼睛看月光像水一样地漫进屋子，失眠。

终于，纪告诉我，他要出国了。

那时我正在替纪熨一条裤子。我在的公司准备提升我为广告部经理。我还没有来得及把喜讯告诉他，纪就说："亚亚对不起，有件事我一直没有对你说，我在申请去美国。"

阳光明晃晃，我晃了晃身子。熨斗烫了我的指尖，但是我没有尖叫。

我听到自己平静的声音说："签证办好了吗？"

"就快好了。"他说。

我知道，纪以前的女朋友，在美国。

"我就是放心不下你。"纪低着头说。

纪啊你在撒谎。

放心不下为什么要走？

"你还小，"纪将脸拉到底说，"一切都可以重新开始。"

终于明白这么多年纪为什么一直都不肯和我有真正的接触。我一直当他是爱情的全部，而他不过是我的一个经过。

但从这点来说，纪还算是一个对爱情负责的人。

纪走了。

我可以很大声地在小屋子里听歌，不用再怕谁嫌吵。

电视里，一个叫孙燕姿的歌手在唱她的一首新歌，歌名叫《风筝》。

　　天上的风筝哪儿去了

　　一眨眼，不见了

谁把他的线剪断了

你知不知道

我不要

将你多绑住一秒

我也知道天空有多美妙

看你穿越云端飞得很高

站在山顶的我大声叫

也许你不会听到

……

纪曾经是我的风筝。

不是我自己不小心扯断了线，而是他一直有想飞的宏图大志。

我将头埋在双膝里，这才发现，其实昨晚，竟是我第一次为了纪而哭泣。

是谁说，没有眼泪的爱情不是真正的爱情？

我曾经嗤之以鼻，如今终于深信不疑。

年轻的爱情不算数

我们的爱情简直接近一个童话，
一经现实打扰，立即粉碎。

楚月每一次想起自己遇见陈韬的时候，总忍不住在后面加上一句：那时候我是真年轻啊。

　　早晨起来去上班的时候，天微微地下雨。楚月走在被冲成浅灰色的水泥路上，刚刚感受到了一点初秋的凉意，手机就尖声地叫起来。

　　王立平在那一头紧张地说："楚月，楚月，陈韬死了。"

　　陈韬死了。楚月翻着上午要做出来的一摞书单。陈韬死了。她看着电脑桌面上小猫雪雪的粉红鼻子。雪雪死于两个月前，一场莫名其妙的急病。楚月不过是去厦门出差了两天，回到家的时候王立平就递给她一张宠物医院开出的死亡证明。

　　雪雪是陈韬送给楚月的。那时候楚月刚毕业，一个人住在单位分派的宿舍，她在同学录上留言："谁送我一只猫？我寂寞得快要死掉啦！"第二天陈韬就骑着自行车来到楼下，潇洒地打了一声唿哨。楚月在那声唿哨的余音中冲下楼，从陈韬的自行车筐里，抱出一只洁白的小猫。

"昨天晚上刚给她洗了澡。用吹风机吹了她半个小时，都赶上你去做个头发了。"陈韬说，"这么白，就叫雪雪吧！"

楚月使劲地点头。当你爱上一个人的时候，他说的一切，都确定无疑是对的。

那时候雪雪真的比一个巴掌大不了多少。它跟着楚月整整三年，见证了楚月和陈韬从甜蜜到疏离，到争吵，到分手。拿到雪雪死亡证明的楚月狠狠地哭了一场。王立平抱着从宠物店高价买来的纯种折耳猫来负荆请罪，她连门都没给他开。无论怎么名贵的猫都比不上雪雪，雪雪是楚月最寂寞时光里的伙伴，就像陈韬，是她唯一的、最好年华里的爱人。

王立平说："是车祸。人家告诉我的。他出门旅游，列车出轨。这么小概率的事……你说这人哪……呀，楚月你没事吧？"

他们坐在一家川菜馆明亮的店堂里，王立平发现楚月把小小的朝天椒一颗颗往嘴里填。楚月仰起脖子咕嘟咕嘟灌下茶水，"我没事啊，你看我哪里有事？"

她想起来第一次和陈韬吃饭，陈韬和她说："女孩子吃太多辣椒不好。"楚月笑笑，把一盘子的辣椒吃得精光，流着眼泪，微笑地，看着他。

后来他说："楚月，我知道我会爱上你的。我知道爱上你我们两个都会痛苦。可是我看着你的脸，我想，我管不了那么多了。"

楚月呆呆地想，也不全是痛苦吧，我们有过很开心的时候。忽然她打了个寒颤。陈韬死了。她撑住自己的脸，对着王立平笑一笑。

王立平说："听说公司派他去四川买的是机票，他自己非要换成火车。他这个人，这么多年做事，都由着自己的性子……"

"你懂什么！"楚月忽然控制不住自己，尖叫的声音，连自己都感到陌生。

接下来的事情，楚月觉得像梦游。她看见自己伸出胳膊，哗啦啦把桌上的盘子全数扫到了地上。对面王立平的脸好像被定格。楚月先是感到一阵恶意的愉快，接着又有了些抱歉："对不起。"

王立平退后一步瞅着她的脸，他承认大部分时候楚月是一个随和好说话的女子。但是这一刻，她的神情坚硬不可违拗。这样的神情让他心里发凉。他记得，他曾经从旁边偷偷地窥见，楚月的眼睛，只有在对着那个男人的时候，才完全的欢乐自在，闪着明亮的服从。

那个男人，他心里苦笑道，值得吗？隔了这么长的岁月，难道还看不清，他并没有让任何人过得幸福的能力。

秋天晚上的风已经开始透出来凉意。王立平心里忽然觉得恐惧。他反复地思忖，把陈韬的死讯告诉她会不会是一件错事，或许活着的人会在我们心里逐渐淡漠，但是死者，永远拥有强大的力量。

楚月转身的时候王立平猛地抓住她的胳膊。

然后她觉得接下来的事情，像梦境一样轻飘飘，不留下痕迹。

王立平跟她说："楚月，嫁给我。"

"陈韬，总会有这么一天。我想当我决定爱上你的那一刻起，我心里就是明白的。总会有这么一天，我带着和你之间的所有回忆，住进另外一个人的家里。这个人允诺给我灯光和炉火，允诺给我一蔬一饭、肌肤之亲，允诺给我无穷尽的时间，直到我忘记。于是我说，好。我料想到那一刻会有巨大的空洞，却没想到，并没有我期待的那样，巨大的解脱。你解脱了，陈韬。我竟然羡慕你，这真是，让人恐惧，和欢喜。"

楚月和王立平准备起结婚的一切琐碎。楚月只觉得匆匆忙忙，累得好像在梦游。王立平这时候展现出了苛刻的本色，连窗帘的颜色都要选上几个钟头。楚月不出声地在一边看他和人兴致勃勃地讨论，习惯性地拿出笑脸来。这也是她的婚礼。

订好婚宴，设计完请柬，楚月觉得简直像打了一场恶战。晚上八点，她拖着疲倦的一双腿回到家，把高跟鞋甩开，叫道："雪雪！"

过了好久，并没有一个温暖的小身体依偎到她的膝边，轻言慢语地撒娇。楚月躺在沙发上，觉得四周特别的冷。没有开灯，她呆呆地想了好一阵，才明白雪雪已经不在。

楚月伸手摸摸脸，眼泪已经一串一串地挂下来。她触一触自己的嘴角有笑的纹路。她果然在笑，她很小心，很小心地追问自己："你在干什么呀？你忙忙碌碌地在干什么呀？"

陈韬，曾经在她最美好的年纪和她在雪地里奔跑的陈韬，她记得她给他唱了一首《出塞曲》，他握着她的手，两个人一言不发地在空无一人的大街上走。走着走着，时间也没有了，所有的一切都没有了，只剩下他们两个人，只觉得什么都了解，什么都不必说出口。

是的。楚月想，他们爱过。他们的爱情简直像一个童话，一经现实打扰，立即粉碎。

最后是怎么分的手？楚月恍惚记得，这类似于刺猬们相互取暖的寓言。他们都是敏感尖利而绝对的人，越爱越容易伤及彼此。

但是没有了那一个，整个世界真就彻骨的寒冷，彻底地看不见一点热，一点光。

楚月在心里反反复复跟自己确认陈韬已经死了这个事实，每确认一次心里就空静一些。她从抽屉里找出来一块刀片，薄薄的锋刃，又明亮，又纤细，真是美丽。

楚月从医院出来以后，仍然不吃不喝。王立平瘦了一大圈，他只是沉默。

　　楚月看着他，心里真的觉得抱歉。她终于就着王立平的手喝下几口汤水，然而出口第一句话就是："立平，我总是要死的。"

　　王立平放下碗，背对她站着，闷声道："楚月，陈韬没有死。"

　　楚月只看见墨绿窗帘的边角里泻过来的黄昏颜色，她眯起眼睛，觉得恍惚。怎么回事？

　　王立平再低声重复一遍："他没有死。"

　　简单的几个字，他人却好像虚脱一般，哗地跌进一把椅子里。

　　楚月只是瞪大了眼睛看他。

　　他继续："他临时换了一趟车。多少年了，他还是这个脾气。"

　　楚月张着嘴，好半天终于问出一声："雪雪？"

　　王立平完全没有了辩解的打算，"是，是一场普通的感冒。我也不知道。我确实故意拖延。送到医院去的时候，医生说已经晚了。"

　　他还记得那天他托着那只小动物的躯体，感觉着它一点点变硬，心里有真正的内疚难过，可是同时有隐秘的无限欢喜，以及凄凉。

　　他无时无刻不感觉到一个叫陈韬的人的影子，这个人的影子甚至附着在一只小猫的身上，时刻告诉他：你永远得不到，你爱的人，在最好的年纪里，那样疯狂天真的爱情。

　　当然他很快就知道陈韬无恙，但是却想着，不要告诉她，这些都已经过去。

　　楚月在很遥远的地方沉声说："立平，我知道，你一直什么都明白。"

王立平说："没错。我这样想。我想要抹去他存在过的一切痕迹。"他说着忽然沉默了，把脸埋进一双手掌里。

"楚月。"他哭了，"楚月。我这么，这么爱你。"

楚月记得自己昏昏沉沉睡过去，王立平的手一直温柔地抚着她的额头，缓慢地一直重复："我不相信。我不相信。楚月，你不会一点都不爱我。"

楚月买回来鲜艳料子的衣服，对着镜子一件件试穿。也算得上是再世为人了，不抓紧时间美丽一回太对不起自己。

这时候手机响了，楚月哗地从镜子边上跳起来，她知道这个电话是谁打来的，在她正当双十的好年华，这个人的一个神情转换，一次呼吸，都让疼痛和爱情，从她的心里漫涌上来。

他问："我都听说了……你还好吗？我，我很好。"

他的犹豫让楚月在这边无声冷笑。她垂下头看着自己手腕上那块粉红色的疤痕。她嘴唇动了动，明白他其实也还是关心的。但是这样遥远的关心，到头来，所有的割肤之痛还不是要她自己来体会，来承担。楚月忽然明白，她心里连一点怨恨都没有，只有看得通通透透，连叹息都不必。

陈韬一声声地叹气。他完全老了。楚月忽然觉得，这简直比他已经死了还要残忍。

"楚月，这是为什么呢。我一直不明白。"

　　楚月也不知道怎么回答，她只真真切切地记得，两个星期以前她听说了这男人的死讯，毫不犹豫地就切断了自己的生命。这一切好像也并不是荒谬的事情，只是回想起来，疲倦异常。

　　想了很久很久她终于用最愉快的声调说："那时候，我们多年轻。"

　　挂断电话之前，楚月好像想起来一件无关紧要的事情，就在这边轻轻地自语道："我下个月，跟王立平结婚啦。"

两个人的八小时

爱情是长长的一生的，
怎么可以只有短短的八小时。

忽然有一天，我很怕睡觉。

我怕我睡着了，就再也不会醒来。

于是我整夜整夜地失眠。

有时想想，睡不着就算了，偏偏还要被胃痛反复折磨。陶然当然不会知道我胃痛，他白天太累了，晚上睡觉总是睡得那么沉那么香。我辗转反侧的时候，想起医院里那个戴眼镜的医生冷冷地把病历递给我说："你的胃，怕是还要好好检查一下。"

那次是我们单位组织的体检。同部门的小齐安慰我说："别听医生的，他们总是危言耸听。"说完她先走了，说是和男朋友有约会。

我一个人，穿着灰色的风衣，从医院里走出来，一只灰色的鸽子斜斜地掠过我的身旁。我开始不会走路，有些歪歪倒倒，于是想念F，想他曾爱怜地对我说过："M，你就像是一只灰色的小鸽子。"

F其实是看不到我的，我们隔得很远，通过网络聊天。有时也说些亲密的话，聊天室里花里胡哨的名字层出不穷，我们只是随手敲了两个寂寞的符号在聊天室里相逢，然后相互安慰。

彼此感觉很好，于是再相逢。

仅此而已。

可是我总觉得，F比陶然更能靠近我。

我是为了陶然来到这座陌生城市的。其实我非常不习惯，吃不习惯，睡不习惯，连呼吸也不习惯。我爱上陶然最初的原因是因为他个子高，可是现在，满街都是高高大大的男人，而我只是一个娇小的女子，讨厌漫天漫地的风沙和永远也排不完的报纸版面。

寂寞的夜里，我在网上对着F絮絮叨叨：我和陶然是重点大学中文系的高材生，大学毕业后我跟他回了他的老家，他分到了电视台，我分到了晚报。彼此的工作都还不错，我们租两室一厅的房子，同居。

晚上没事的时候，拿出存款来点一点，想象住进完全属于自己的豪宅的那一天。

为了让这样的等待短一些，我开始写书，希望可以赚得一些稿费。那些书是不会署我的名字的，我的一个学姐给我这个机会，她只需要每天喝着咖啡收取我的e-mail，却可以比我多得两倍不止的稿费。

F取笑我说："难怪你聊天时文采斐然，哪些书是你写的，告诉我，我去买。"

"莫买，"我说，"我分不到一分钱版税，你不如请我吃根糖葫芦实在。"

"把你的作品发给我，"他说，"我会认真看。"

我依言发给他，他看不看其实我并不在意，至少在我的心里，我总算有了一个真正的读者。

他在第二天一早便给我回信，信中说："原来你叫麦丫，麦丫是真名还是笔名呢，喜欢你的文字，你可以成为真正的作家。"并将我的稿件做附件送回，错别字用红笔标出，看得出来他是很认真地读过的。

深夜打字的时候，我常常有很多的错别字，懒得去改。

很谢谢F的这份认真。

我知道在这个世界上，要一个男人认真地看一些文字，是很难的一件事。

除非，他喜欢你。

陶然就是没空看我写的东西的。为了挣钱，他已主动从电视台的新闻部调到了广告部，他的业绩相当不错，只是很少回家吃晚饭了。我做了他最爱吃的麻辣豆腐，看着上面的葱花一点一点地瘪下去，等到十点钟的时候，我原封不动地倒掉它，因为我的胃，再也不能吃任何有刺激的东西了。

我喝了一杯白开水，又开始上网和F聊天。

我对F说："寂寞是最大的杀手，杀掉生命里所有的激情。"

F说："我是寂寞最大的杀手，瞬间让它无影无踪。"

"那是真的，"我说，"F你抱我紧一些。"

他紧紧拥抱我，我们三分钟不说一句话。

屏幕上是空白的。

可我真的觉得没那么冷了。我把手指放在键盘上想，其实我早就不是孩子了，可是我还是沉迷于这样的游戏，我真是空虚到了极点，不然一定不会这样子的。

然后F说："坐两个小时的飞机，我就可以真正地拥抱你。"

我发他一张飞机的贴图。

他还我两个相亲相爱的小人。男小人搂着女小人的腰，女小人的眼睛笑得弯起来。大大的嘴咧到耳边。

"呸呸呸，"我不高兴地说，"我才没有那么丑。"

他说："说真的，想见我吗？"

"呵呵，"我说，"我是有夫之妇。"

"呵呵，我是有妇之夫。"

"所以，不会有真正的拥抱。"我说。

"这么保守？"他取笑我。

"对。"我说。

"底气不足啊，"他说，"我要是在你身边，我赌你会让我抱，你信不信？"

"信！"我说。

我就是喜欢F的这种自信。

这样隔着不为人知的距离，和一个陌生的男人说一点暧昧的话，夜总算变得稍稍轻盈了一些。我对F说我要下线了，F吻我一下，祝我好梦。

他是从来不会留我的。我疑心他还有别的聊友，但往往很多次我再折回聊天室，他就已经不见了，是不是换了别的名字，我不得而知。

总之，F对我来说是很神秘的，除了知道他在哪个城市，其他的我一概不知，我也不想去追问，所有的网络情缘，大抵都是如此的吧。

我笑着给自己又倒了一杯白开水。我还有一万多字的稿子要赶，但是我已经很累了，我怀疑我打着字的时候就会睡着。

我用倒水的时间想象F，我希望他的个子不要太高，穿得体的西装，干干净净的，笑起来，有洁白的牙。如果我们真有见面的那一天，我才不会失望。

陶然回来的时候已经半醉，说很多莫名其妙的话，我伺候他梳洗，扶他上床，他抱我，一身的酒味，我不露痕迹地推开他，然后我听到他喊"翠娜"。

"嗯？"我看着他。

"翠娜！"他接着喊，然后歪头睡去。

我听得很清，翠娜应该是个女人的名字，她应该刚刚陪陶然喝完酒。或许陶然的手刚刚才离开她的腰。

我正在讨厌自己的想象力的时候陶然的手机响了，一个女声在问："陶然，陶然你去了哪里？"

我一声不吭地关了他的手机，心酸到极点。

我没有人可以说心事，也没有回到网上去找F，F只是个缥缈的影子，可是翠娜是个真人。我想起在大学校园里，穿着球衣球鞋的干干净净的大男孩陶然，在寒冷的冬天里把一大袋烤红薯送到我们宿舍，全宿舍的女生都羡慕地对我说："陶然真会疼人，麦丫你这辈子有福了。"

爱情，只属于那片大学校园的时光。

在这个冷得让人受不了的城市，它注定了要渐渐萎靡。

我一夜无眠，写伤感的爱情小说，女主角和男主角青梅竹马。但是最后她还是失去了他，我一边写一边流泪。写完后我照样发了一份给学姐，然后又给F发了一封信，我在信中说："F，给我打电话吧，我是M。"

我留下了我的电话号码，坐着看天渐渐亮起来。

陶然在清晨的时候醒来，他说："麦丫，你又写了一晚？"

"对。"我说，"学姐催着要。"

他从身后环住我："这样的钱我们不要挣。你那么有灵气，自己完全可以成为作家。干吗要当别人的枪手？"

"那挣什么样的钱呢？"我转头问他。

他迟疑了一下放开我说："挣钱应该是男人的事。"

"呵呵。"我强作欢颜说，"没钱怎么结婚，我急着要嫁给你呢！"

"麦丫。"他看着我，"你在生气？"

"没有。"我说。

"你在生气！"他叹气说，"我以后尽量回家早一些，昨晚是一个很大的广告客户，他非要让我喝……"

我掩住他的口不让他说下去，然后我说："你替我给报社打个电话，就说我病了，我想睡觉了。"

我躺到床上，其实我一直没睡着。听着他洗脸刷牙，吃早饭，替我打电话告假。临出门的时候，我感觉他在我的床边站了一会儿，但是我没有睁开眼。

我根本就睡不着，胃又尖锐地疼了起来。我爬起来乱吃了一把胃药，疼痛一点也没有减轻。我心甘情愿地忍受着这份疼痛。就在这个时候我的手机响了，是一个陌生的男声："你好。"

我的电话差点从手里掉下去。

"对不起，"他说，"今天开信箱晚了，才看到你的信。"

"比我想象中快多了。"我说，"我该叫你什么？F？"

"呵呵。"他笑说，"今天凌晨五点，你寄信的时候，我其实醒着。"

"那又有什么用呢？"我说，"你又不在我身旁。"

"胃还痛？"他问我。

我哭起来，只有一个陌生人记得我胃痛。

"不乖。"他说，"越哭胃越疼。"

我继续哭。

他挂了电话。

我号啕大哭，一个总是幽怨的女人，有谁会喜欢？

我终于在那种时轻时重自暴自弃的疼痛里慢慢入睡，我在梦里梦到妈妈，妈妈说："你非要走那么远，我再也管不了你了。"

又梦到我回到考场里，高三的时候总是有考不完的试，我拼了命要考上一所好大学，每天都睡不饱，天没亮就要起床背单词。

没完没了的闹钟没完没了地响。

醒来的时候发现不是闹钟响，是手机。

"喂。"我梦游一般接电话。

"M。"他说，"我在新世纪大酒店1306。"

"F！"我睡意全消。

"我说过了，"他说，"只要坐两个小时的飞机，我就可以真正地拥抱你。"

我握着电话，说不出一个字。

"我在这里可以停留八个小时。"F说，"麦丫我等你。"

我飞快地下床，梳洗、化妆、换衣服，二十分钟后，我已经站在了他的房门口。

我在要敲门的那一刹那才清醒过来。

等等。

他是谁？F是谁？凭什么要为一个陌生的女子跨越千山万水？

就在我犹豫的时候门忽然开了，一个男人立在门口，用我似曾相识的口音说道："麦丫吗？我感觉到你来了。"

我看着他。

他应该是我很喜欢的那种男人，比我想象中老了那么一点点，但有很儒雅的气质，看着我的眼睛，充满了疼爱。最重要的是，他可以感觉到我，时时刻刻，与我心灵互通。

我扑到他的怀里，门在我们的身后关上。

他在我的耳边说："麦丫，我实在听不得你那样的哭泣声，所以我不打招呼就来了。"

"带我走吧，"我说，"F，我要远远地离开这个鬼地方。"

"什么都可以。"F说，"来日方长。"

"不。"我缩到他怀里说，"我但愿只有八小时的生命，那么八小时我都给你。时间再长些，爱情就会褪得毫无颜色。"

"这话多不中听。"F无可奈何地说。

我向他展露一个笑容，他吻了我的眼睛，然后说："来得匆忙，什么礼物也没带，只好在楼下买了一束花。"

我抬眼看到那束花，是玫瑰，粉红色，精致而高贵地开着。

我走过去，把脸埋在花里，傻傻地说："有钱的男人，又会浪漫，麦丫掉进童话里，正在漫游仙境。"

他哈哈大笑，说："女儿临睡前，都要听爱丽丝漫游仙境的故事。"

我低声问："你来这里，你夫人知道吗？"

"我没有太太。"他说，"两年前她死了。"

我吃惊极了："为什么会死？"

"癌症。"F说，"我那时天天忙公司的事，她天天说身体不舒服，我没在意。如果发现得早，她应该有救。"

"F。"我走到他身边，"你内疚？"

他紧紧拥抱我说："是的，一直。"

"你很爱她？"

"是的。"

"再也不会爱别的人像爱她那样？"

F迟疑了一下说："是的。"

"那你为什么还要来看我？"

"你是我喜欢的女孩，"F说，"不知道为什么，你总让我心疼，我希望可以让你快乐些，所以我来了。"

我注意到他说的是心疼。

可是我喜欢极了这个词，自从我工作后远离了家乡，我就没被人心疼过了。

我一直以为我和F之间会发生些什么，但实际上什么也没发生。

我们就那样依偎着细语，我叫他F，不知道为什么，我一直没问他的真名，他也一直没说。我也知道了F上网的原因，妻子走后，他内心一直非常苦闷，所以才会到网上找人聊聊。

而我，就是他最好的聊天对象。

就这样一直聊到吃晚饭的时间，F说："找这里最好的饭店。我请你好好吃一顿。"

我很少在外面吃饭，但我想起陶然曾经跟我提过多次的"怡然居"，应该是很不错的一个地方，我们打车去了"怡然居"。F一直握着我的手，因为一出门我的手就变得冰冰凉。在出租车上，F对我说："我看北方不适合你，要不你跟我去南方吧，我家门口有一大片的花园，你可以坐在阳光里写作，写你自己的书。"

"你在诱惑我，"我轻笑着说，"我连你是谁都不知道呢，怎么知道你会不会把我给卖掉？"

"要想过新生活，就得冒险，这可是没办法的事。"他的下巴抵着我的长发。司机暧昧地看我们一眼，我闭上眼睛，什么也不愿意去想。

两个人，要了很大的包厢。

没想到的是，我去上洗手间的时候，竟和陶然狭路相逢。我有些惊慌，但瞬间安定下来。陶然显然比我更吃惊，他说："麦丫，你怎么会在这里。"

"有朋友请吃饭。"我说。

"什么朋友？"陶然说，"你哪里来的朋友？"

原来他也知道我没有朋友。

我正想着怎么回答他呢，他一把把我拉到边上低声说："麦丫，你是在跟踪我？你不会变得这么俗气吧？"

我狠狠地甩开他，低声说："滚。"

我回到包厢，F说："怎么搞的，出去一下脸色就这么差？"

"没什么。"我说。

"喝杯酒暖暖身子。"他把酒杯递到我面前，我推开说："我从不喝酒。"

"喝一点点酒对你有好处。"F再次将酒杯递到我唇边说，"试试？"

陶然就在这时推门而入，他看看我，再看看F，厉声说："麦丫，他是谁？"

"朋友。"我说。

"我看不是一般的朋友，你跟我说清楚到底是怎么回事？"陶然气势汹汹地盯着我，没有风度到了极点。

服务小姐赶紧带上了门。

"请你出去。"我对陶然说，"这里不欢迎你。"

F低头喝茶。

陶然说："你马上给我回家去，有什么事我们回家再说！"

"别对她那么凶。"F说话了，"她今天是我请来的客人。"

"她是我的女人！"陶然说，"这里没你说话的份！"

"知道是你的女人，你急什么？"F淡淡地说，"何去何从是她的选择。"

"出去！"我再次跟陶然说。

陶然铁青着脸拂袖而去，一句话也没有留下。

我强作欢颜跟F说："干杯！"

"他很爱你。"F说，"可惜的是年轻人总是不懂得呵护爱情。"

"你是在说你自己？"我敏感地说。

"也许吧，"F笑笑，"不过他要是失去你，一定会后悔一辈子的。"

"何去何从是我自己的选择。"我把他的话扔还给他。

他哈哈笑着说："我也算是你的一个选择吗？"

狡猾的F，可是我打算比他更狡猾，于是我埋头吃菜。好像很长时间我都没有觉得菜有这么香了。

吃完饭还有一个小时的时间，F就要赶到机场。出租车一直送我到小区的门口，F也下了车，对我说："到了家不要跟他吵，有什么话都是可以慢慢说的。"

"好的。"我说。

"乖。"F摸一下我的头发说，"是我不好，本想给你带来快乐，没想到却是给你那么大的麻烦。"

"别这么说。"我说。

"那我走了？"他说，"我出差三天后回家。到时我们网上见？"

"好。"我说。

车子开走了，可过了一会儿又绕了回来。F摇开车窗大声对我说："麦丫，我说的都是真的！"

"什么？"我问。

"全新的生活，阳光下的写作，你完全可以自己做选择。"说完他递给我一张名片说，"想好了，给我打个电话。"

我在路灯下看F的名片，他姓居，叫居新。

呵呵，居心不良。

难怪他一直没主动告诉我他的真名。

名片很精致，上面的头衔也很大：某公司总裁。

我信，F有总裁的气质。

我回到家里，等了很久，陶然一夜未归。我在天明的时候打他的手机，接电话是一个女人，我记得那声音，她应该叫翠娜。

她对我说："陶然不想见你。"

我强撑着去报社上班，我在摇摇晃晃的公交车上想，命运和爱情，原来从来都由不得自己。所有的来去，不过都是一场梦。

到了单位，大家都用关心的眼光在看我。小齐上来挽住我说："麦丫我想会没事的，做个小手术也许就会好起来。"

我不知道她在说什么。

小齐掩口奇怪地说："你昨天没来，我以为……"

我走到我的办公桌前，上面放着我的体检报告。

"没事的，没事的。"小齐啰啰嗦嗦地说，"发现得早，根本就没事的。"

我笑着说："当然，当然，这没什么。"

我在第二天办了辞职，我没有跟陶然说再见，当然也不会去找F。我拿着我的行李去了北京，隐瞒了我的病情，只是说自己失恋。

我的学姐收留了我，给我吃给我住，还给我一台手提电脑。我整天整天地趴在电脑前敲字，幻想着自己在写作中死去。奇怪的是我一直没死。我的勤奋感动了我的学姐，她有一天对我说："有个写长篇小说的机会，版税挺高。不知道你愿意不愿意？"

我用了三个月的时间写完了一本长篇小说，拿到生平第一笔版税后我去复查了我的病，我拿着我以前的报告单，北京的医生愤怒地说："这报告真不负责，要真是这样，你还能活到现在？"

"那？"我问。

医生俏皮地说："注意你的饮食和心情，你可以长命百岁。"

我从医院里出来的时候经过书店，我的书正在热销，学姐说已有人想将它拍成电视剧，爱情剧，总是有人愿意看的。

我想起陶然，不知道他会不会坐在空屋子里充满悔意地想念我。我又想起F，我没有给他答复，他就永远地在网上消失了。

F不知道，我没有选择他只是我不想再次伤害他，那时的我真的以为自己活不长了。但是我一直保留着那张名片，我很想去看看名片上的那个地方，是不是真的终日阳光灿烂，开满了鲜花。

我掏钱买了一本自己的书，那本书的名字叫《两个人的八小时》。

经过邮局的时候，我把书寄给了妈妈。我又开始对人生充满了希望，当然，也包括对爱情的希望。

爱情是长长的一生的，怎么可以只有短短的八小时？

后来我们
又相信了爱情

　　年少时，我们很容易对一个人付出全部真心，长大后才知道那很傻很幼稚，却再也收不回那份真心。而与此同时，收不回来的，还有愿意再次为爱付出全部的热情。

　　十九岁那年，我以为自己是个没有爱的人，大雨天任性地跑去街角的饰品店打了七个耳洞，从此以后变成一只刺猬，不愿再与人靠近。可后来我遇见了一个很温柔的人，当我感到不安时总会想起他，想到他就会忍不住微笑。

　　我们总是很容易被伤害，但也同样很容易相信爱，只要遇到那个正确的人。而那个正确的人，总会出现在我们的生命里，早一秒或晚一秒，但他一定会出现。

——辜妤洁

"当赤道留住雪花，眼泪融掉细沙，你肯珍惜我吗？"

陈医生用治愈的声线浅浅地唱着爱情这回事，我突然惊醒，爱情其实跟奇迹一样，信则有，不信则无。最近身边出现了一个"遇见一个人，生命全改变"的浪漫桥段——通过家庭聚会相识，相见恨晚，只消儿眼就认定彼此，觉得"对了，就是你，就是彼此"。

虽然我是个无神论者，也不得不承认爱情里真的有鬼。爱过人，受过伤，犯过贱，而后仍旧相信，平行时空一定能量守恒，流过的眼泪会以至少同等量的甜蜜还回来。还是那句阿Q式的大俗话，最终我们一定都能幸福。

如果相信爱情是一种盲目，我愿意带着淡淡伤疤，紧闭双眼，用心感受。

——梦晓

　　会者定离，能留下的，惟相思于苦海，或相忘于江湖。而很多年以后，我们若再相见，不是假装陌路，就是尴尬寒暄。这个世界，相识容易，相忘也快。

　　朋友说我该忘记你，我说也许差的是时间。但是我发现时间过了好久，我忘记了很多事情，很多人，而关于你的记忆，却丝毫不减。有些事，随风而去，而有些事，却犹如疤痕，刻在脸上的，就永远也不会消散了。

　　我尝试着寻找治愈思念的解药，我走了很多路，问了很多人，却始终没有找到。后来我想明白了，我应该会在某个时刻，踏上寻你的火车，虽然不知火车去向，但是无论你在哪里，哪里就是终点。

　　　　　　　　　　　　　　　　　　——唐梓轩

年少时，喜欢一个人就总是愿意和那人在一块儿，做什么都觉得开心，自大地以为这种喜欢就是爱情。晚自习后回家的路上，一如往常边走边聊，我突然冒一句"你是我的初恋"，却得到冷冷的"初恋是两个人的事"这种回答。我干笑几声假装是恶作剧，觉得自己真是太蠢了。更蠢的是，失眠后的清晨骑单车外出，终点是曾经好几次偷偷跟随的地方，边骑边唱苦情歌，哭到流鼻涕。

后来，再恋爱然后失恋，分开后大都只记得好的部分。偶尔想起少年的爱情也不只有苦涩，有冬天阳光照射在草地上的温暖和一点点痒，还有交换桔子后得逞的小诡计。美好的世界上有许多美好的故事，这些都是正能量，给予我们对爱的乐观和向往。

爱情这件事本来就应该好好相信。

——翔宇

他的旧相册里有那么多她的照片。

春天的她。夏天的她。秋天的她。冬天的她。

微笑的她。恬静的她。依偎在他身旁的她。

还有背光中两个人紧贴着的温柔的嘴唇。

然而如今。

他不再翻看这些旧时光。他爱他的妻。

她却不知所踪。

看到那些照片的刹那，我仿佛看到了爱情。

甜蜜芬芳，浓郁纯粹。

即便是只能永远安静地留在发黄的纸间，打开时间封印的瞬间，它依然明亮动人。

就算我曾爱伤就算我还孤单，也总有这样的时刻让我不得不承认——

爱是空气，我若呼吸，便拥有爱的种子。

——若琳